Anne-Lyse OLIVIER

MER VIVE

Les Presses du Midi

À paraître aux Éditions Les Presses du Midi :

*« **La mer bleu roi** »*, recueil de poèmes suivi de :
« Mémoire en exil... » - « Hautes Lumières » (roman)

Illustration de couverture :
Photo du Fort de Balaguier (La-Seyne-sur-Mer)
Hervé Blanc

Impression PDM

---

121 avenue d'Orient - 83100 Toulon
Tel. : 04 94 16 90 20 - Fax : 04 94 16 90 29
Dépôt légal : juin 2002
ISBN : 2-87867-398-0

À ma mère...

I

Morgane descendit la rue à cloche-pied.

Elle sautilla ainsi, sans reprendre son souffle, jusqu'à ce que, tout au bout, la mer lui apparût.

Glacée comme une poignée de neige qui aurait barbouillé le ciel.

Elle demeura ainsi, petite cigogne maigrichonne, le cou incliné vers la lumière du port. Entre les façades étroites où s'effilochait le linge du soir oublié, elle suivit les mouettes piquant du nez sur les mâts, souriant aux premiers cris de ce qui lui parut le premier matin.

Elle appuya enfin sa patte blessée et s'accroupit pour examiner avec plus d'attention le sang qui coulait de son genou le long de sa jambe. Elle fronçait les sourcils, ses larges dents plantées dans sa lèvre charnue, s'appliquant à respirer à petits coups pour atténuer la brûlure de minute en minute plus intense. De temps à autre, d'un mouvement impatient, elle rejetait en arrière ses longues mèches noires qui venaient balayer la plaie et s'y trempaient comme des pinceaux.

Elle leva les yeux.

La mer fondait doucement. Des « piquetis » d'étoiles glissaient sous les barques pour mieux les rassembler dans le filet ténu du soleil. On aurait cru la pêche miraculeuse entre les mains de Dieu.

... Parce que ce matin avait été créé exprès pour Dieu et Morgane… même si son sang coulait chaud le long de sa jambe, même si la douleur lui donnait un peu mal au cœur, même si elle ne comprenait pas ce qu'écrivaient les mèches de ses cheveux sur sa peau bronzée, ce matin-là avait été créé exprès. Pour Dieu et Morgane.

Dieu le lui avait dit. Avant qu'elle saute en catastrophe le petit mur du couvent où les Ursulines cultivaient leurs fraises.

Elle s'assit, les genoux relevés, extirpa de son tablier la poignée de fruits qu'elle y avait enfouie.

Elle souriait doucement.

Sous sa langue, la saveur devenait chavirante. Sa gourmandise comblée, elle se laissa envahir par l'émotion délicieuse que lui procurait son larcin. Le jus coulait de son menton sur son genou.

Un moment, elle regarda pensive les deux rouges se confondre. Puis, avec conviction, dans un grand soupir de satiété heureuse, elle dit tout haut : « Ça en valait bigrement la peine ! »

Elle regarda de nouveau la mer.

À présent, elle avait pris feu, incendiant les barques et le filet avec elle. Elle détruisait la fraîcheur de la nuit en se détruisant elle-même. Elle mangeait sa propre lumière comme Morgane son propre sang dans les fruits qu'elle avait volés.

Mais Dieu avait pardonné.

Dieu le lui avait dit.

Dix minutes plus tard, assise sur les marches du quai, ses pieds nus clapotant dans l'eau verdâtre, elle s'entendit interpellée.

- T'es bien matinale, pitchoune. En quel honneur ?

- D'abord, je ne m'appelle pas « pitchoune », répliqua une petite voix à l'accent pointu, je vais avoir bientôt douze ans ! Ensuite, je ne parle pas aux « inconnus ».

Elle avait redressé le menton, ses yeux intransigeants dans le regard plissé du vieux pêcheur qui l'apostrophait en souriant. Il ne parut pas autrement impressionné et continua à dégager les poissons de leur piège de mailles. Il travaillait sans hâte ; ses mains brunes et mouillées, noueuses comme des écorces d'arbre, savaient à merveille recueillir dorades ou rascasses rebelles. Des écailles parfois voltigeaient de ses doigts sur son tablier et Morgane se dit que les écailles sont au pêcheur ce que les étincelles sont au forgeron : des pétales d'air ou de feu, échappés du filet ou de l'enclume, pour éblouir les petites filles…

Elle suivit encore avec intérêt la course de l'aiguille dans les déchirures que le vieil homme réparait. Ses doigts bondissaient sur les mailles et, comme par enchantement, les accrocs se refermaient, les blessures cicatrisaient…

Son genou cuisant l'arracha à sa contemplation ; elle passa sur la plaie un doigt précautionneux.

- Hé bè, tu t'es arrangée, pitchoune.

Préférant ignorer la remarque, elle se pencha sur l'eau et en versa quelques gouttes sur son mal. Elle se raidit tandis qu'il éclatait de rire.

- Elle est pourrie, cette eau. Tu vas attraper… le… tétanos !

Il éclata encore de rire.

Morgane haussa les épaules, puis sourit à son tour. Les mains bougeaient toujours avec agilité. Dans l'air salé de ce premier matin, au-dessus du tangage de l'eau, elles paraissaient danser. Morgane songea alors à ce qu'on disait d'une vieille sœur au couvent des Ursulines qui brodait et faisait de la dentelle comme personne. Il lui parut que les commentaires admiratifs qu'elle suscitait pouvaient s'appliquer au vieux pêcheur.

- Tu as des doigts de fée, dis.

Le vieil homme faillit s'étrangler d'hilarité. Il eut le bon goût de n'en rien laisser voir.

- Et pourtant, j'en suis pas une, répondit-il enfin, très sérieux.

- Je le sais bien.

Morgane le toisait de toute sa hauteur, sa jambe à peine posée, comme une aigrette avant l'envol. Elle plongeait ses prunelles violettes dans le regard plissé qui cessa brusquement de sourire. Trop d'aplomb mêlé à trop de charme. Il se sentit subitement la gorge nouée tandis qu'elle, sans remarquer sa soudaine émotion, poursuivait avec des inflexions mi-moqueuses, mi-tendres :

- Moi, c'est Morgane. Toi, c'est Dieu, je parie.

Dans le jardin clos du couvent, à deux pas des rangées méthodiques de fraises, on avait fait creuser un puits. En pierres roses et grises, lumineux et sphérique, il prenait parfois sous l'éclat du soleil des airs de bénitier ou de sein de madone. Bien moins sage, son ombre dessinait sur le sol le corps d'une Vénus, sortant d'un coquillage. Personne ne pouvait s'expliquer cette étrange métamorphose à moins de lever les yeux.

De l'autre côté du mur, des jardins en terrasse couverts d'orangers et de mandariniers, surgissaient, malicieux ou espiègles, songeurs ou menaçants, divers génies antiques : nymphes nues se coiffant, satyres souriant, éphèbes rêvassant, centaures aux muscles d'homme, aux visages de bête. Et puis, dans l'avancée des chauds après-midi, le corps superbe et triomphant de l'Amour : s'étirant sur le sol, une déesse offerte !

Seigneur ! Et les éphèbes de rêvasser encore, et les satyres de sourire toujours et les fraises, les fraises ! de rougir de plus belle ! Rien ni personne n'avait pu convaincre Vénus de s'étirer ailleurs. Rivée au sol, sur l'ultime terrasse, gardienne du salon qui s'ouvrait derrière elle, soleil après soleil, elle déléguait à son ombre fidèle le pouvoir de sa scandaleuse beauté païenne.

Résignées, les Ursulines venaient s'y recueillir et, le nez perlant de sueur, y apprendre à résister à la tentation.

Ce matin-là, dans ses cheveux défaits, Vénus dormait encore.

Sur la margelle du puits, la nuit se retirait sous les feuillages amassés du lierre grimpant à la poulie avec l'entêtement d'une araignée tissant sa toile. Inlassablement taillé, il s'obstinait à étreindre les cerceaux de fer et à cascader avec exubérance au-dessus d'une eau profonde et noire où l'écho se perdait.

Sur le rebord du puits, à petits pas pressés, un gros pigeon ventru, au plumage verni, au jabot violine, cahotait du col avec satisfaction. Il fit plusieurs fois le tour de la margelle avant qu'un caprice mystérieux l'emmenât dans un battement d'aile jusqu'à la croisée entrouverte de Sœur Marie-Odile.

S'il s'attendait à voir, derrière les losanges jaunes et verts, une figure de vieille pomme reinette penchée sur son bréviaire, un nez pointu chaussé de lorgnons d'acier, ou bien encore un dos rendu étroit par la charge des ans, il fut surpris. Car Sœur Marie-Odile lui offrait, en effet, le plus joli minois que l'on pût imaginer. Son corps nié par les plis sombres de son vêtement, toute sa beauté semblait s'être concentrée sur son visage, et surtout son profil qu'elle avait d'une finesse, d'une grâce à couper le souffle. Sur l'ombre de la pièce, près du globe doré de la lampe, il se dessinait avec une netteté presque immatérielle, de lignes si pures qu'il pouvait à lui seul, dans son évidente perfection, prétendre à prouver l'existence de Dieu.

Sœur Marie-Odile écrivait.

Sa main courait sur la feuille blanche d'un cahier d'écolier. Absorbée qu'elle était par sa tâche, elle ne comprit pas tout de suite la raison de l'immense joie qui l'habita au moment même où elle laissait libre cours à son inquiétude : « Ce matin encore, je l'ai vue de ma fenêtre qui bondissait par-dessus les fraisiers comme une chevrette affolée. Avant qu'elle s'enfuie, j'avais mille occasions de l'approcher, de lier connaissance et peut-être de pouvoir enfin… »

La plume resta en suspens. Un peu interdite, Sœur Marie-Odile sentit le fil de sa pensée se perdre puis se rompre. Elle leva les yeux. Le matin se glissait dans sa cellule avec autorité. Il avait revêtu l'apparence d'un rai de soleil, exigeant et paresseux, comme un chat réclamant sa part d'attention, de caresses. Presque aussitôt, elle sut qu'il n'entrait pas tout seul. À l'émotion inexprimable qu'elle ressentit, à cette joie qui la soulevait et dont elle avait honte, parce que jamais, jamais, même au plus profond, au plus aigu de la prière, au pied de l'autel, ou devant les images pieuses de son enfance, elle n'en avait connu de pareille. Son visage frémit, des frissons parcoururent ses doigts sur la feuille oubliée et ses épaules, ses épaules, s'affaissèrent un peu.

Oui, un bonheur absolu l'inondait, paralysant son âme et son corps avec la même force douce.

Immobile dans son rayon de soleil, charmée jusqu'à l'abandon, Sœur Marie-Odile ressemblait à Vénus.

Et Vénus le savait qui souriait dans son demi-sommeil, et ses cheveux défaits. Derrière le mur, sur la toute dernière terrasse, le piano du salon venait de se creuser tout entier pour dire sa plainte d'eau et de silence, la souffrance et le bouillonnement de son âme. Les premières mesures de « L'après-midi d'un Faune » piquèrent au cœur la Belle au Dieu Dormant.

Elle ne s'en rendit pas vraiment compte.

Immobile dans son rayon de soleil, charmée jusqu'à l'abandon, Sœur Marie-Odile ressemblait à Vénus.

Morgane sursauta quand la main se posa sur son épaule.

- Eh, pitchoune, tu dors ?

Elle redressa la tête, se frotta les yeux puis sourit. La main sur elle, c'était celle de Dieu.

Plus exactement de Dieudonné Bellon - elle venait de l'apprendre et la coïncidence l'avait enchantée comme un signe à décrypter -. Cette main sage sur son épaule ne pesait pas plus que l'écume sur la mer.

- Je me suis levée tôt.

Elle se mit debout, secoua doucement sa jambe endolorie et jeta autour d'elle des regards curieux.

Maintenant les quais s'animaient.

Une foule de gens descendait au port : vieux messieurs asthmatiques, tirés à quatre épingles, femmes vêtues de noir aux bottines allègres, jeunes fiancées cachées par leurs ombrelles, jouant avec les manches d'ivoire ou d'os verni, animant les étoffes, les imprimés fleuris et faisant éclore un peu partout auprès des gens sévères des manèges de soie.

Des rires tombaient du ciel : jeux d'enfants d'un balcon à un autre. Une petite fille en robe de dentelle, coiffée de paille, jouait à la marelle en attendant sa mère.

Sous un porche plein d'ombre, la tête sur un ballot crasseux, tout près d'un étui à violon délavé, rêvant de steppes et de chevaux, de sabre que l'on brave, de femme que l'on prend, un vieux cosaque dormait. Ses yeux fendus et sa grande bouche violette attiraient les mouches. À ses pieds, veillant sur le maître et ses trésors, un chien efflanqué bâillait. Battu ou caressé, chien de mendiant ou chien de roi, il portait un regard de totale dévotion sur le grand corps allongé. Les garçons les plus hardis s'écartaient avec appréhension.

Morgane lui sourit.

Comme à son habitude, elle accordait la grâce d'un sourire sans quémander qu'on lui répondit, mais le chien lui rendit son sourire.

Heureuse, elle revint à la barque de Dieu. Le vieux pêcheur servait et pesait avec nonchalance. Il cligna d'un œil à son adresse avant de renouer la conversation entre deux clientes.

- Tu plais au chien du Mongol, pitchoune ; c'est la première fois que je le vois aussi aimable.

- Quel Mongol ?

- C'est comme ça que les gens d'ici ont baptisé le vieux clochard. À cause de sa toque d'astrakan et de ses bottes en cuir mâché. Il les porte toujours, hiver comme été. Il ajouta tandis que Morgane le dévisageait avec un intérêt passionné : peut-être bien aussi à cause de sa trogne. J'en ai jamais vu de pareille. Quand il rit, il n'a plus d'yeux.

- Il sait qu'on l'appelle Mongol ?

- Oui, et ça le fâche. Il dit que les Cosaques ont lutté contre les Mongols, qu'ils étaient de vrais soldats et qu'on doit pas les confondre.

- Il reste tout le temps là ?

- Presque… Si tu veux mon avis : il attend.

Morgane inclina un peu la tête, signe chez elle d'une grande perplexité : « Qu'est-ce qu'il attend ? »

- Quelque chose comme ça. Dieu désigna du menton l'extrémité du port.

- Le tramway ?

Morgane avait l'air si éberluée qu'il éclata de rire.

- Mais non ! Pas ce tas de ferraille ! Il n'irait pas bien loin avec ça !

Morgane comprit.

Ses yeux s'illuminèrent.

- Ah ! Je vois. Il attend un bateau comme le trois-mâts au bout du quai…

- Ouais, j'en suis presque sûr.

Dieu s'interrompit pour vendre une bouillabaisse.

Morgane s'était assise. C'est vrai qu'il était attirant, ce bateau ! Sans ses voiles, dans la nudité de ses mâts et l'enchevêtrement compliqué de ses gréements, mystérieux comme une formule magique, il promettait le plus passionnant des voyages. Dieu avait raison. Le tramway à côté n'offrait pas de telles perspectives. Les surprises lui étaient interdites : c'était la volonté des rails !... Mais quand même, il était si amusant de monter dans une machine roulant toute seule !

Morgane suivit le tramway un instant. Il filait en grinçant le long des quais. Des écueils de soleil se cognaient à ses vitres avant que les palmiers près desquels il passait en ternissent l'éclat. Dieu, à nouveau, s'était rapproché. Il hésita une seconde avant de demander :

- Dis, t'es pas d'ici, toi ?

Morgane fronça à peine les sourcils. Elle dit seulement sans regarder le pêcheur dont elle sentait les yeux curieux sur elle :

- Là d'où je viens, il y en a plein.

Dieu suivit la direction donnée par le petit menton, observa les palmes immobiles et gainées de lumière.

- Tu viens de Hyères ?

- Non.

- De Nice ? Je suis allé à Nice, un jour. Ils sont plantés tout droit devant la baie. Tu dirais volontiers qu'ils montent la garde.

- Non, pas Nice.

Morgane s'était levée. La plaie de son genou, à présent, était sèche. Le vieux pêcheur se taisait, inquiet sans doute d'avoir blessé la fillette par sa curiosité. Mais elle lui sourit.

- Je dois m'en aller maintenant sinon on va s'apercevoir de mon absence.

- Je te reverrai ?

C'était plus une prière qu'une question.

- Bien sûr !...Et puis tu me parleras encore du Mongol et de son chien ? Et du bateau qu'il attend, n'est-ce pas ?

- Si tu veux...

Dieu posait sur elle un regard plein d'un visible soulagement.

- Et tu ne me demanderas rien ?

Morgane ne prévint pas. L'éclat violet de ses yeux se ficha dans ceux de Dieu avec tant d'exigence qu'il en perdit la voix. Il ne put que hocher la tête. Un instant - qui parut sans mesure au vieil homme - l'enfant le tint sous son charme. Il lui sembla qu'au fond des prunelles de lilas qui allaient s'éclaircissant sous l'effet du contentement, couvait le feu d'une liberté entière et sauvage… et que, peut-être, le vieux Mongol, couché sous son porche, la tête près de son violon, n'était pas le seul à attendre le trois-mâts, livré des hautes mers… Oui, il en était sûr à présent, tandis qu'il la regardait s'éloigner en claudiquant à peine, ses cheveux mouvants sur les hanches, cette petite fille avec son genou écorché et ses yeux de sirène reviendrait…

II

Un peu essoufflée, l'enfant gravit les terrasses successives de la Villa Tamaris. Craignant d'être en retard et de devoir s'expliquer sur son escapade, elle ne prit pas la peine de donner un baiser à la nymphe de la fontaine, ni de caresser l'épaule ronde de l'Adonis rêvant à l'ombre des pins.

Elle jeta un œil curieux par la porte entrebâillée des cuisines, s'avança jusqu'aux fourneaux déserts. Sur la table, une cruche de chocolat bouillant fumait. Elle y trempa un doigt qu'elle suça sans se préoccuper de se brûler puis ne résista pas à la pile de croissants dans la corbeille, placée tout près. D'un geste preste, elle en fit disparaître deux qu'elle fourra dans ses poches, où ils devinrent aussitôt des croissants aux fraises. Elle ressortit. En trois bonds, elle atteignit la dernière terrasse. Entrer sans être vue, monter le petit escalier de bois qui, grâce au Ciel, ne grinçait pas et se glisser dans le lit de la chambre à l'œil de bœuf fut un jeu d'enfant. L'excitation lui donnait des ailes. Elle en oubliait la raideur de sa patte et le fait que sa course, en malmenant sa blessure, l'avait rouverte. Elle feignait le sommeil de l'innocence quand une ombre vint obscurcir le flot doré qui filtrait entre ses cils.

- Morgane, mon trésor, il est l'heure.

Elle rouspéta pour la forme, la figure dans ses cheveux dissimulant ce que son visage pouvait avoir de singulièrement réveillé puis extirpa ses bras pour le baiser du matin, en feignant un frisson. Elle espéra que sa peau ne sentait pas trop l'iode ni le sel et que cinq minutes dans la lavande des draps suffiraient à l'achèvement de sa mise en scène.

Cela parut suffire.

Déjà l'ombre s'éloignait. Sur le pas de la porte, cependant, avant de s'apprêter à redescendre, elle lança à la petite fille, sagement blottie sous son drap :

- Je ne savais pas que tu avais changé de parfum, petite cachottière ! A-t-il déjà un nom ? Je te suggère : « Poisson et Liberté », ou mieux, en bonne Marseillaise que je suis, « Rougets de l'Île ». Seigneur, on n'y résiste pas…

La porte eut tout juste le temps d'arrêter l'oreiller projeté comme un bolide à travers la pièce. Au mépris de toutes les précautions, Morgane hurla :

- Victoire, n'en parle pas à Léda surtout !

Elle écouta décroître dans l'escalier, en même temps que les pas, le fou rire de la vieille gouvernante. Après quoi, à pieds nus et en chemise, elle se précipita pour ouvrir l'œil de bœuf.

Elle ploya la taille avec une souplesse de ballerine et demeura ainsi, la poitrine un peu douloureuse, comprimée par l'épaisseur du mur. Toute sa chevelure bascula dans le vide et le vent la gifla.

Un instant, grisée, elle ferma les yeux pour mieux sentir l'air comblé de sel et de parfums.

Sur le kaléidoscope doré de ses paupières closes, elle vit s'avancer, entre les haies pointues des cyprès sombres, sur les golfes naissants des amandiers sereins, un fabuleux trois-mâts aux voiles déployées. Écarlates et poisseuses, elles se gonflaient sous les embruns à goût de fraise et de muguet. Debout sur le pont, un étrange capitaine, coiffé d'astrakan, chaussé de cuir jouait en souriant du violon… Et dans ce sourire, ses yeux fendus allaient jusqu'à disparaître !

Elle rouvrit les paupières, sauta du regard toutes les terrasses et plongea ses prunelles dans la mer.

La baie, comme le port au matin, avait pris feu.

Elle s'étendait brûlante et nue sous la lumière, drapée de velours sombre dans l'ombre penchée de ses pins ou bien encore clouée de diamants à l'à-pic du soleil.

Longeant la baie, la route était déserte.

Un instant, Morgane s'attarda sur les toits de l'hôtel rose auquel la pinède faisait comme un écrin, sur la façade immaculée du palais arabe qu'un original, devenu pacha, avait fait construire à son retour d'Orient.

Elle referma les yeux. Le trois-mâts l'emmenait jusqu'à des ports lointains où s'agitaient des hommes de toutes races et de toutes passions. Des femmes voilées, la plante de leurs pieds rougie par le henné, y dénudaient leur âme dans le tressaillement d'un pli de vêtement ou l'impudeur muette d'un regard de gazelle. Des enfants y jouaient, pris d'une fièvre étrange. Seul, un vieil homme paraissait échapper à ce grand souffle d'agitation et peut-être de folie. Il avait l'air d'un sage, avec son turban clair et sa longue barbe tombante. Clos sur leur prière, les yeux n'étaient pas visibles. La bouche remuait doucement... À ses pieds, entre un petit violon brisé et un panier de fraises mûres, la pêche miraculeuse dans des filets d'argent.

- Morgane, ma petite louve, descends donc quelques minutes. J'ai à te parler.

Brusquement arrachée à son rêve, Morgane se crispa. Les sourcils froncés, ses dents triturant avec nervosité sa lèvre inférieure, elle vit - comme sous l'assaut d'un vent de sable ou la tempête - s'effacer le vieux sage et sombrer le trois-mâts.

L'éclat d'une voix sur le silence avait suffi.

Mi-curieuse, mi-fâchée, l'enfant se pencha davantage.

Sur la plus lointaine terrasse, elle reconnut la silhouette mince et noire de Léda. À cette distance et de profil, elle ressemblait au petit soldat de plomb unijambiste d'Andersen, à moins que ce ne fût, lorsqu'elle éclatait de rire en renversant la tête, au moussaillon espiègle des livres d'aventure. Jamais, en effet, on n'eût pu soupçonner qu'il s'agissait d'une grande jeune femme.

Comme à son habitude, elle avait dissimulé une opulente chevelure brune et bouclée sous un foulard rouge, noué sur la nuque. À ses oreilles, des étoiles dorées - « mes gouvernails de pacotille » disait-elle en se moquant - happaient le soleil comme des mâchoires de squale. La comparaison enchanta Morgane qui se promit d'en informer Léda dans les plus brefs délais, juste avant de consentir - enfin ! - à hurler de son poste de vigie : « Je viens tout de suite ! »

La galopade reprit donc, en sens inverse.

Lorsqu'elle atteignit les dernières marches et qu'elle ne fut plus qu'à quelques mètres de Léda, Morgane s'immobilisa. La jeune femme n'était pas seule. Elle parlait, semblait-il avec animation, à une personne que dissimulait un épais massif de lauriers-roses.

Léda se retourna et sourit.

Ses grands sourcils s'unirent et parurent prendre leur envol. Ses prunelles bleu marine avec un rien de ciel autour de l'iris pétillèrent d'humour. Entre ses lèvres pleines et rouges naturellement, l'éclat de ses dents un peu fortes donna à tout son visage ce quelque chose de gourmand, de carnassier même, qui surprenait toujours avant de séduire. Cette bouche-là ne savait pas mentir. Sensuelle et enfantine, elle croquait la vie comme une pêche. Sans souci des apparences, elle méprisait les minauderies et les grimaces de la comédie humaine et ne s'offusquait pas des regards courroucés ou choqués que lui valaient ses goûts, ses convictions, son franc-parler.

Héritage d'un grand-père épicurien et libre-penseur qu'elle cultivait avec délectation et un léger soupçon de malice.

Pour cette raison, avant même d'apprécier sa compréhension et son autorité de grande sœur, Morgane l'avait aimée.

- Approche donc ! On ne va pas te manger.

- Assurément. Je confesse que je n'ai jamais tartiné de petite fille sur mes toasts, ni sucré mon café avec le moindre petit garçon !

Morgane, la tête penchée sur le côté, s'était figée de timidité. Intriguée cependant, elle se demandait quel était cet original qui refusait de se faire passer pour un ogre. Probabilité du reste démentie par la musicalité d'un timbre de voix qui la troubla inexplicablement.

Léda la regardait sans cesser de sourire, un peu plus moqueuse peut-être. Le soleil pendait à ses oreilles. Son foulard rouge faisait avec sa bouche une tache de sang. La mer dans son dos semblait lui traverser le corps et couler par ses yeux. Il émanait d'elle, à ce moment-là, un je ne sais quoi de barbare qui fascina Morgane. Les hanches moulées dans un pantalon de toile noire à l'épreuve de la poussière et des embruns, le buste épanoui dans une large chemise de percale écru, elle apparut à l'enfant, que l'audace de son vêtement subjuguait, sauvagement belle.

Léda vint à elle et sa sauvagerie disparut. Elle redevint humaine et tendre. Elle poussa l'enfant jusqu'au banc où se tenait un homme.

- Voilà, Morgane, Frédéric. Ma jeune nièce, arrivée depuis peu de Casablanca. Morgane, je te présente Frédéric Dampierre, le pianiste le plus adulé de son temps, le moins sensible aux honneurs et… mon meilleur ami d'enfance…

- Si tu permets, Léda, je ne retiendrai que la dernière remarque. Elle seule me paraît juste et revêtir de l'importance.

Morgane leva alors les yeux sur celui qui venait de s'exprimer avec tant de modestie. Des yeux que l'étonnement agrandit.

Quel étrange matin, en vérité !

Elle avait découvert en quelques heures l'émouvante beauté du jour qui se lève, le visage de Dieu et le corps de Léda.

La Sérénité. La Sagesse. La Séduction.

Et ces trois découvertes venaient de s'unir sur le champ dans le visage souriant de cet homme. Elle en eut la respiration coupée. Ainsi fait la vague trop haute qu'on n'a pas vue venir.

Ou la prière quand elle accouche de la joie.

Morgane eut un vertige.

Seigneur, sur ce que j'ai de plus cher, sur les années écoulées, je jure que je l'ai aimé tout de suite et que, dans cet amour, il n'entrait aucune - aucune ! - pitié. Je n'ai eu qu'à lever mon regard sur lui. J'ai voulu entrer dans son âme comme l'étrave fend la mer, avec l'assurance parfaite que ma force dominerait la sienne. Aucune candide inquiétude ne m'a effleurée. Je le jure. J'ai su à la seconde même où mes yeux entraient dans les siens que la Vie, révélée en ce matin justement, si intense au fond de moi, rejoindrait nécessairement un moment de la sienne. Lui, c'était sûr, il y avait longtemps qu'il avait appris à reconnaître le matin que Dieu place entre les mains de ses créatures en leur soufflant, à travers l'haleine mouillée de la mer, que c'est bien « leur » matin. Celui où l'on reçoit sa place dans l'ordre des choses et du monde.

Oui, depuis ce matin, Morgane existait. Morgane était vivante.

Mais Morgane, ici et maintenant, naissait pour la seconde fois. Son propre visage lui souriait dans le miroir rond et tout noir de la pupille, cernée d'algues piquetées de brun, sous l'arc des sourcils blonds.

Morgane se mettait lentement au monde.

Ses efforts se concentraient à présent sur le sourire, à peine durci par une sorte de souffrance ancienne qui avait fait naître là, aux commissures des lèvres, deux rides, deux virgules tragiques, deux parenthèses de douleur qu'on avait oubliées et qui s'étaient figées.

Morgane respirait à petits coups tandis que tout le flot de sa tendresse s'en allait au front disparaissant sous des mèches un peu folles, aux joues brunes creusées, à la fossette profonde du menton volontaire. Elle avait pris une ample inspiration. Dans sa mémoire, dans son intelligence, ce visage venait de s'incruster auprès d'autres, enfouis comme de lourds secrets, longtemps chéris et redoutés.

Mais rien n'était encore fini. Elle n'avait pas cessé de souffrir. La vague l'assaillait de plus belle. Elle exultait. Les mains qui se tendaient vers les siennes et dans lesquelles elle les emprisonna, prirent des douceurs d'aile ou d'eau vive. Les doigts sur les siens étaient si délicats mais d'une fermeté retenue si tangible qu'elle se retint de crier.

Il lui sembla qu'elle perdait tout son sang et qu'en échange elle en recevait un autre à la force duquel elle ne saurait pas résister. Il battait trop vite ! Il cognait trop fort !

C'était sûr : elle allait exploser, se dilapider en mille milliards d'éclats !

Ses yeux mauves voulurent alors passer au-delà de la Morgane lovée au fond de la pupille, forcer le mur éteint, atteindre quelque chose de clair, de brûlant, de vivant, au fond du gouffre noir. Quelque chose comme le démenti de vos yeux vides !

De vos yeux qui ne me voient pas, de vos yeux qui ne me verront jamais parce que vous êtes aveugle et que vos dix doigts courant légèrement sur tout mon visage me le disent avec la plus déchirante douceur !

Morgane ne résiste pas : elle éclate silencieusement en sanglots.

Sur son épaule, la pression de la main de Léda. Et puis, au-dessus de sa tête inclinée, de sa nuque blanche où se scinde la masse de ses cheveux, des mots - des mots-caresses, des mots brise-larmes - pleuvent ; ils tombent un à un sur son chagrin et, certainement, ils vont l'éteindre.

- Ainsi, c'est toi, Morgane... Un nom de fée pour une enfant de rêve, n'est-ce pas?

À la place : le sable nu de la plage quand la tempête a cessé. À la place : le sourire d'une petite fille réconciliée avec elle-même, sa bouche frémissante encore, ses yeux de lilas emperlés, éclaircis d'adoration, lavés de toute trace de révolte.

Les mots tombent un à un sur son chagrin.

Mots - caresses.

Mots brise - larmes.

- Morgane, ma grande, es-tu réelle? Ton visage ressemble à un songe. Ta peau a la douceur du sable, tes petites oreilles sont deux coquilles délicates et tes larges paupières deux papillons de soie. Morgane, les fées ne pleurent pas. Elles n'en ont pas le pouvoir ni le droit.

Oh! C'est sûr. Son chagrin s'envole. Grand oiseau noir qui fait claquer ses ailes, anime ses cheveux, s'en va effaroucher les pigeons sur les toits, dans les cyprès en deuil qui s'ébrouent à leur tour en lâchant sur l'azur des fusées blanches, grises, bleutées, violines!

Morgane a redressé la tête, son regard rivé au regard fixe.

- Tu ne dis rien, Morgane, remarque doucement Léda.

- Bonjour, Monsieur Dampierre. Je suis contente de faire votre connaissance.

Elle prononce les phrases d'une voix un peu étranglée. La main serre ses doigts plus étroitement tandis qu'un sourire malicieux, étonnamment juvénile, éclaire le visage au point que le regard paraît s'illuminer.

- Tes doigts collent... Il se tait avant de chuchoter en se retenant de rire : Mais, Mais... Tu chapardes les fraises du couvent!

Pour le coup, Morgane a failli vraiment s'étrangler. Elle ne songe même pas à nier.

- Mais... oui! Comment le savez-vous?

Le sourire de l'artiste s'élargit.

- Primo : tes doigts sont poisseux. Secundo : tu sens la fraise. Il ajoute, entre autres, ce qui fait rougir Morgane, tertio : tu boites. Je m'en suis rendu compte quand tu t'es approchée…

Il s'arrête, visiblement satisfait de sa démonstration. Léda lutte contre le fou rire.

- Eh bien ? Ça ne vous dit pas que… que je me suis servie sans permission.

- On ne cultive pas de fraises de ce côté du mur. De l'autre, c'est le cas. Et le mur est très haut. Interroge ton genou.

- Extraordinaire ! fait Morgane éblouie.

- N'est-ce pas ? J'apprécie infiniment que tu te rendes compte de mes dons prodigieux dès notre première rencontre.

- Mais comment savez-vous puisque… ? La fillette se tait brusquement.

-… Puisque je ne vois pas ? Il lui sourit avec douceur, presse davantage les mains qu'elle lui a abandonnées, puis se penchant vers elle, il murmure contre son visage d'un air de confidence : ne le répète à personne. Léda seule le sait. Il y a une quinzaine d'années, vois-tu, j'étais moi-même un garçon qui boitait souvent…

Léda s'en est allée, les laissant seuls.

Morgane n'ose pas parler. Intimidée contre ses habitudes, elle se contente de regarder le profil tout proche.

Il est si émouvant, ce profil.

Par sa limpidité. Son abandon.

Livré tout entier au vent alourdi de parfums qui le caresse avec une insinuante tendresse, jetant un lumineux désordre dans sa chevelure dont les mèches trop longues frissonnent sur son front. Sa joue. Son cou. La paupière ne cille pas. La bouche s'est figée en un indéfinissable sourire. Seule, l'aile du nez, par instant, frémit.

Il est si émouvant, ce profil.

Figure de proue qu'un dernier voyage aurait rendue à la vie réelle, à la chair, à l'émotion, à la lumière !

La gorge serrée, Morgane l'écoute respirer.

Oui, c'est bien cela : chaque fois que se tend la chemise sous le souffle profond, régulier de sa poitrine, elle jurerait que c'est le monde entier qu'il accueille, qu'il reçoit au plus secret de lui-même, que c'est le monde entier, à travers la sueur des roses, l'haleine poivrée des œillets ou la transpiration de la mer, qui l'embrasse et l'étreint.

- Vois-tu, Morgane, il existe de ces journées à nulle autre pareilles où marcher sur la mer paraît aussi simple que de fouler le sable de la plage. Parce que sa limpidité semble changer de nature, qu'elle devient soie, velours, pierre dure, métal refroidi, étendue que le poids d'un homme ne troublera pas, sur laquelle glisseront ses pas sans qu'une seule goutte ne l'atteigne…

La voix basse, chargée de passion, la transperce.

- Oui, il est des jours où chaque pêcheur pourrait devenir ce marcheur indomptable. Il faut seulement, pour que ce prodige s'accomplisse, un peu de foi… ou de soleil…

Les derniers mots, engloutis par un soupir, sont à peine audibles.

-… Ou de musique, Monsieur.

La réponse a fusé. Soufflée par quelle voix ? Morgane ne saurait le dire. Elle a peur pourtant d'avoir commis une maladresse mais, déjà, le visage qui lui fait face est d'une incommensurable douceur.

- Tu as raison : ou de musique…

Enhardie, elle étreint de toute la force de ses doigts menus les mains magiques.

- Quand vous jouez, Monsieur, je suis sûre que vous êtes cet homme qui marche sur la mer.

La phrase est prononcée avec gravité. Le pianiste frissonne violemment. Il a même pâli.

Il lui faudra quelques secondes pour se remettre. Enfin, il redresse le buste. Sourit.

- Morgane, étrange petite fée, conduis-moi au bord de l'eau.

Un peu interdite, l'enfant demeure muette. La main enrobe fermement la sienne... Que lui dit-elle, cette main ? Que la chose est plus facile qu'elle ne l'imagine ? Non, mais qu'il est en son pouvoir de l'accomplir. Sous l'impulsion d'une idée subite, le visage de la fillette s'anime.

- Si vous voulez bien descendre jusqu'au port, je vous présenterai Dieu.

- Dieu ? - Le sourire est plus amusé qu'incrédule -

- Oui. Je ne le connais que depuis ce matin mais il est vraiment très bien. Très fort. Très doué. Elle ajoute avec importance : d'ailleurs, il vend des bouillabaisses.

Le jeune homme lève les sourcils comiquement :

- Oh ! La référence me paraît de tout premier ordre... Évidemment, s'il vend des bouillabaisses...

Il se dresse. Il est si grand que Morgane renverse un peu la tête pour s'étourdir encore de son sourire.

- Va pour Dieu, dit-il avec résolution.

Morgane le regarde toujours.

Le soleil entre dans ses yeux verts. S'y claquemure.

Debout près de la statue de Vénus, Léda les observait en mordillant distraitement ses lèvres charnues. L'homme et l'enfant avaient atteint la dernière terrasse. La petite silhouette aux côtés de la grande se déplaçait avec lenteur, prenant des précautions touchantes aux abords des escaliers. Lui, progressait avec assurance. Son infirmité ne se trahissait que dans la main posée sur l'épaule de l'enfant. La canne avec laquelle il jaugeait les marches apparaissait plutôt comme l'accessoire d'un homme élégant. Lorsqu'il se retourna à demi, Léda se rendit compte qu'il avait mis ses lunettes noires.

Quelques marches encore et ils atteindraient le portail de fer vert bronze au sommet duquel deux angelots joufflus sonnaient les trompettes du Jugement Dernier. Léda, malgré ses préoccupations, sourit. Encore une facétie de son grand-père, le choix de ce décorum. Elle se souvenait parfaitement de la date à laquelle cette grille provocatrice avait remplacé une entrée plus « modérée »... 1905, pour fêter la séparation de l'Église et de l'État et remercier le Président Émile Combes. L'aïeul, farouchement anticlérical, avait jugé bon de fêter la chose à sa façon, persistant et signant avec la mise en place des sculptures païennes. Les Ursulines n'avaient rien dit ni rien laissé paraître de leur opinion, à ce moment-là. Mais le grand-père s'était frotté les mains, affirmant à qui voulait l'entendre que plus d'une, parmi elles, avaient dû s'aliter, terrassées par la jaunisse.

À ce souvenir, le sourire de Léda s'élargit. Le vieil homme lui manquait. Son humour lui manquait. Cette capacité naturelle à se moquer de soi lui manquait. Disparu depuis plus de cinq ans, il aurait pu tout aussi bien apparaître brusquement sur le seuil de son bureau en lui criant de sa voix de stentor : « Léda, mon petit loup, les cathos auront ma peau ! Viens que je t'explique. »

Et c'est une jeune fille de seize ans, à l'aise dans ses pantalons à la George Sand, qui courait vers l'antre bardé de livres où Voltaire et Renan accueillaient Baudelaire tout en pardonnant les écarts sirupeux de Verlaine. Cher grand-père, elle lui devait tant ! À commencer par son nom... N'avait-il pas exigé qu'on la nommât Léonie-Danièle pour la désigner du diminutif de Léda dont l'histoire le charmait. L'enfant avait du reste été baptisée, comme son aînée. L'aïeul n'étant pas de taille à résister aux principes religieux de sa bru. Et quand celle-ci fut morte, étendue auprès de son époux mort, emporté par la même tuberculose, le vieil homme les escorta, écrasé de chagrin, jusqu'au cimetière, suivant pas à pas la chasuble du prêtre et les enfants de chœur. Il lui restait, pendues à ses bras, deux nymphes éplorées, deux adolescentes muettes au visage défait : ses petites-filles... Léda soupira. Il était écrit quelque part que le pauvre grand-père n'aurait jamais les faveurs du ciel puisqu'il finit ses jours dans une maison trop grande pour lui, pour lui et Léda. La chambre de *l'autre* resta inoccupée quand elle eut décidé de partir et la présence apaisante de Victoire ne combla jamais cette troisième disparition.

- Qu'est-ce qui t'arrive, Léda? Tu m'as l'air bien songeuse.

Dans son dos, Victoire la couvrait d'un regard inquiet. Elle la rassura d'un sourire.

- Ce n'est rien, qu'un peu de nostalgie...

- C'était fatal... Leur présence ici, ensemble...

- Je pensais à Grand-Père. Pas à Frédéric. Ni à Morgane.

- C'est la même chose ! C'est le passé qui nous tombe dessus et je ne suis pas sûre que nous ayons le dos assez large, toi et moi, pour le recevoir.

Léda haussa les épaules, un peu impatientée :

- Combien de fois devrais-je te répéter que je n'y suis pour rien ? C'est un regrettable concours de circonstances ! Ce séjour de Frédéric était prévu de très longue date. Nous avions convenu ensemble qu'il viendrait se reposer ici, après sa série de concerts. Comment pouvais-je imaginer une seule seconde que mon diable de beau-frère allait mourir en service comme tout bon officier qui se respecte et me léguer Morgane dans ses dernières volontés? Lui qui n'avait jamais voulu que je l'approche !

La voix de Léda se brisa.

- Calme-toi ! Je ne te reproche rien. Je déplore seulement une situation. L'un comme l'autre, ils vont bien finir par nous accabler de questions.

Victoire gratifia la jeune femme d'un regard désemparé.

- Alors, que ferons-nous, dis-moi ?

Léda se détourna pour cacher les larmes qui lui montaient aux yeux. Les deux silhouettes n'étaient plus que deux petits points noirs, perdus sur la corniche qui longeait la mer.

- Que ferons-nous ? Eh bien, ce que nous devons. Nous répondrons… Elle se tut une fraction de seconde avant d'ajouter à mi-voix : si nous le pouvons.

Victoire l'entendit mais elle quitta la terrasse sans commentaire.

III

Morgane s'était penchée au-dessus de l'eau.

Son visage d'enfant sur le visage transparent de la mer avait pris une gravité douce. Sa bouche gonflée de désir et de passion frémissait au clapotement de l'onde. De minuscules poissons entraient dans ses yeux, jouaient dans ses cheveux et les rides éphémères de la mer se creusaient à ses tempes.

Une joie mystérieuse, liquide et pénétrante, l'emplissait peu à peu, engourdissant ses membres sans malaise, avec seulement ce quelque chose d'impatient qui accompagne toute sensation nouvelle.

L'enfant respirait tout doucement au même rythme que la mer ; chacune de ses pulsations éveillait un écho dans son propre corps, y versait une force, y ouvrait un abîme.

Elle fit jouer ses poignets raidis sur le petit mur qui brodait la corniche comme un feston de pierre, un ourlet d'éternité au bord de l'infiniment mobile.

L'infiniment léger.

Au bord de la grâce.

Une grâce marine.

Elle fronça le nez. Sourit. Les poissons se bousculaient en silence, se déplaçant par bonds imprévisibles comme affolés par leur propre reflet. Au fond de l'eau, telles des tortues endormies, les pierres opposaient l'inertie de leur masse, leur forme indéfinie, leur couleur indécise.

« Confettis de continent » pensa Morgane. Elle secoua sa crinière. Une poignée de poissons fous s'échappa de son crâne comme une nuée d'abeilles.

Elle éclata de rire. La mer fit de même.

- Pourquoi ris-tu, moussaillon ?

La voix de Frédéric s'enfonça à son tour dans l'eau sans en troubler la limpidité. Elle y coula doucement comme un objet de la terre attendu par la mer : un coffre au trésor, un message en bouteille, une ancre détachée de sa nef engloutie. Devint un chant du fond des mers, des profondeurs secrètes. La voix du silence.

- Parce que je suis heureuse…

Sa propre voix rejoignit la première. Il y eut une seconde chute, lente et majestueuse, tandis que la mer devenait plus foncée, plus brillante. Le soleil cuisait ses poignets brunis et sa chevelure noire, déroulée, brûlait son dos. Jamais. Jamais, elle n'avait été si heureuse. De cette joie irrépressible, pleine, qui la gonflait comme une maternité précoce.

- Ma joie ressemble à la sienne, murmura Morgane sans bouger.

Frédéric comprit tout de suite. Il dit simplement :

- Et la mienne à la vôtre.

Le silence, une fois encore, les engloutit ensemble.

L'enfant délirait de bonheur dans une immobilité absolue, consciente de vivre un instant magique né de leur harmonie à tous les trois. Elle refusait que s'ouvre en elle la brèche d'une crainte : l'appel de son nom, un envol de mouette, le déplacement d'une ligne… L'idée latente que la magie prendrait nécessairement fin. Alors pour conjurer l'irruption inévitable et la souffrance qui en découlerait, pour ne pas y ajouter le sentiment douloureux de l'attente et, plus insupportable encore, celui du sursis, elle y mit fin elle-même.

- On continue ?

Sans répondre, Frédéric se leva.

Maintenant qu'elle marchait à ses côtés, elle retrouvait son corps, l'élasticité de ses jambes, le jeu libre de ses épaules.

Elle avait tordu en tresse ses longs cheveux et jouait distraitement avec le ruban de soie noire qui coulait de son oreille gauche jusqu'à sa taille. Frédéric s'avançait sans gêne apparente mais elle devina qu'il réglait sa marche sur la sienne lorsque, hésitante parfois sur la direction à prendre, inconsciemment son allure ralentissait.

- On va jusqu'au Fort Balaguier, pour monter dans le donjon ?

Elle s'était tournée vers lui, excitée déjà par la perspective d'une aventure commune. C'est pour cela que la crispation de ses traits la dégrisa aussitôt.

- Vous ne voulez pas ? - L'enfant se mordit les lèvres avec une telle violence qu'elles en blanchirent - J'ai dit une bêtise, pas vrai ? Vous proposer de monter là-haut ! Pour quoi faire ?

Mais, lui, déjà s'était repris. Il se mit à rire.

- Pourquoi faire ? Mais pour la voir de plus près, moussaillon ! Allons-y !

La réponse lui parut si inattendue qu'elle en resta muette. Après une seconde d'hésitation, elle glissa sa main dans la sienne. Lui, serra ses doigts et, tandis qu'ils avançaient du même pas mesuré, sûrs à présent de leur destination, il se mit à parler :

- Vois-tu, Morgane, les gens sont persuadés que pour bien connaître une chose ou quelqu'un, il faut être près, tout près… Proche à se toucher, à se sentir… Il hésita : à s'unir. Il s'arrêta un court instant et tournant son visage souriant vers la fillette : tu comprends ?

Émue inexplicablement, l'enfant hocha la tête. Il fixa de nouveau un point invisible devant lui.

- Mais, c'est faux, tu sais. Les gens se trompent. Pour bien voir, il faut se reculer, prendre ses distances. Alors les choses surgissent d'elles-mêmes, les êtres se livrent. Ils se croient protégés par l'espace entre eux et les autres mais, en fait, ils sont devenus plus vulnérables encore…

Sa voix s'était fait murmure. Puis il se tut. On n'entendait plus que le clapotement des vagues, le bruit assourdi d'un bateau sur la mer, le ronronnement d'une voiture qui passait sur la corniche.

- La mer n'existe bien davantage, n'est vraiment elle-même qu'ouverte sur l'horizon… Bleue et courbe à la fois… Sinon, ce n'est que de l'eau !

- Un tout petit chiffon de mer !

Morgane s'animait. Elle comprenait si bien ce qu'il voulait lui dire !

- Exactement, moussaillon. Un petit chiffon de rien du tout. Pas la mer tout entière. Pourrais-tu avoir l'idée de ce qu'est le ciel si tu te contentais de le regarder par le rectangle étroit d'une lucarne ? Non, bien sûr. Là-haut, debout devant les fenêtres du fort, nous verrons la mer se déployer comme une voile immense… et nous la découvrirons vraiment. Et la découvrant vraiment, nous l'aimerons mieux… Comme la fillette se taisait, il ajouta : et moi, si tu le veux, je te la décrirai.

Ils pénétrèrent sous la voûte. Au-dessus de leur tête, un médaillon portait, gravée dans la pierre, la date de 1636. Dans l'imagination de Morgane, de façon un peu chaotique, des souvenirs d'anciennes leçons d'histoire peuplèrent soudain le lieu de fantômes graves et silencieux, conquérants du passé au courage indomptable, tombés un jour dans l'oubli ou les pages des livres. Tous les Soldats du Roy emportés par la guerre. Des mousquetaires intrépides aux épées d'opérette, chapeaux empanachés, moustaches arrogantes. Le profil pur de Bonaparte arrachant Toulon aux Anglais, ses longs cheveux flottant dans la fumée et le fracas des canons. Puis, plus tendrement, enlacés, chuchotant, le couple des amants, Chopin et George Sand, en escale à Mer Vive, avant les Baléares et la mort.

Ils gravissaient ensemble le chemin entre les pins. Des pigeons roucoulaient dans les arbres. Leur envol brusque éparpilla dans l'air le souffle tiède de la résine, un peu oppressant et salé. La respiration de l'été…

Bientôt le chemin surplomba la mer.

Morgane vit entre l'émeraude des pins la presqu'île sculptée, le sable de l'isthme, la rade adoucie du gris de l'horizon et devant elle, et après elle, la mer, la mer immense et sans défaut.

D'une beauté redoutable.

Dure. Pure. Sûre d'être là jusqu'à la fin des temps, jusqu'à la fin des mondes, jusqu'à la fin des hommes.

Là… À cette minute précise où Morgane et Frédéric se trouvaient aussi. Eux non plus n'avaient plus d'âge, et leur corps jamais ne se flétrirait. Comme ces fantômes entrevus, ils entraient de plain-pied hors du temps par la grâce d'une matinée affranchie des habitudes. Morgane ne s'étonna pas de leur métamorphose. Depuis son échappée à l'aube, rien n'avait été pareil, ni les fraises du couvent, ni le saut du haut du mur, ni les barques dans le port, ni les yeux des étrangers, ni même le sourire de Dieu… Rien.

Alors, pourquoi elle-même ne serait-elle pas devenue une autre ?

Ils franchirent une étroite passerelle de bois avant d'entrer dans l'ombre épaisse des murs.

Il y faisait presque froid. Après l'éclatante clarté de la cour, il y faisait aussi presque nuit. Morgane reçut cette sensation comme la preuve tangible de sa complicité avec Frédéric.

Ils traversèrent la rotonde déserte pour gagner l'escalier en colimaçon. Sur un signe de Frédéric, l'enfant s'engagea la première. Les marches s'élevaient en étroite spirale dans une pénombre humide, rompue parfois par quelque meurtrière lumineuse, hantée des colombes. Un peu essoufflée, montant toujours, Morgane savait à présent que Frédéric avait raison. Le ciel au bout de la meurtrière n'était pas le ciel… mais seulement la souffrance de la pierre figée devant l'éternité, la souffrance aussi du regard condamné aux limites.

Morgane montait toujours, les yeux fermés, sa main droite glissant sur la paroi froide tandis que sous ses paupières closes, déjà, elle voyait la mer.

La dernière marche.

La pression légère de sa main sur la porte entrebâillée puis glissant sur son ombre en un rayon plus large, triomphante, l'irruption de la lumière dans sa couronne de pierres. Morgane pivota lentement dans une sorte de valse recueillie, ravie, épouvantée d'émerger au centre d'un monde minéral troué de saphirs liquides.

La mer entrait de toutes parts. D'un bleu profond, parfait. D'un bleu que le ciel n'expliquait pas. Qui montait des profondeurs comme du royaume des Sirènes.

L'enfant ploya la nuque sous le poids d'une main invisible. Une émotion nouait sa gorge tandis qu'avec lenteur, oubliant Frédéric, muet derrière elle, elle s'avançait vers l'une des fenêtres. Il lui semblait que chacun de ses pas la précipitait dans la mer et qu'ainsi, indéfiniment, elle ne cessait pas de plonger la tête la première dans ce grand iris bleu comme dans le regard de Dieu.

Elle se pencha au-dessus de l'abîme, retrouvant en cela le geste du matin, à l'appel de Léda. Sa tresse demeura pendue dans le vide, rigide et noire, tandis que ses yeux se rétrécissaient sous l'effet de son rire. Elle pesait de toutes ses forces sur l'appui tiédi par le soleil et son regard pesait de même sur la mer.

Elle sentit sous ses paumes, comme sous son regard, la même résistance.

Elle insista. Alors sous le regard bleu, élargi, qui consentait à lui livrer son âme, il lui fut manifeste que sa propre volonté l'abandonnait, qu'elle se vidait de ses forces comme un blessé de son sang alors que, brutale, impérieuse, comme une vieille douleur qui se réveille, lui venait l'envie de se jeter dans le vide.

- Veux-tu bien te reculer, petite imprudente ! Tu risques de perdre l'équilibre et de tomber !

Morgane se retrouva debout, happée par une main autoritaire. Face à elle, une femme, une visiteuse sans doute, l'examinait avec sévérité. À travers la voilette de tulle noir, les yeux lançaient des éclairs. Abasourdie, incapable de souffler mot, elle entendit la voix alarmée de Frédéric.

- Que se passe-t-il, Morgane ? Que dit cette dame ? Est-ce de toi qu'il s'agit ?

- Ah ! C'est votre fille, Monsieur, reprit la dame sans se retourner et maintenant toujours par l'épaule une Morgane dont le visage se décomposait à vue d'œil. Eh bien, je ne vous félicite pas. Laisser un enfant prendre de tels risques ! Faut-il vraiment que vous soyez…

Elle s'arrêta interdite devant le flot de larmes qui noyait les yeux de la fillette. Sa main retomba sur sa robe de deuil. Mais, déjà, dans son dos, Frédéric enchaînait avec douceur :

- Faut-il vraiment que je sois aveugle, n'est-ce pas ? C'est le cas, Madame. Mais cela ne change rien à la justesse de vos propos. Manifestement, étant dans l'incapacité d'assurer une surveillance efficace auprès de cette enfant, je n'aurais pas dû la conduire jusqu'ici.

La dame s'était retournée. La confusion empourprait jusqu'à son cou. Mais son trouble ne dura qu'une seconde puisqu'elle poursuivit aussitôt sur un ton ironique qui donna à Morgane l'envie de la gifler :

- C'est exactement cela, Monsieur. Il est heureux du reste que vous manifestiez en dépit de votre infirmité, une telle « clairvoyance ».

Morgane la voyait de profil. Mince, de taille moyenne, vêtue d'une robe stricte qui laissait deviner cependant les courbes gracieuses de son corps, elle avait redressé le menton afin de mieux toiser Frédéric. Attitude que Morgane jugea dérisoire puisque son nouvel ami ne pouvait pas la voir. Lui, affichait toujours le même sourire, nullement affecté, semblait-il, par les propos de l'inconnue. Il avait cependant fort bien deviné qu'il était l'objet d'une observation minutieuse et ne put s'empêcher de se montrer taquin.

- Puis-je quand même espérer votre indulgence, à l'issue de cet… examen de rattrapage ?

L'allusion à la curiosité et à l'intérêt qu'elle témoignait à l'égard de sa personne alors qu'il ne la voyait pas et qu'elle aurait pu aussi bien lui avoir déjà tourné le dos, la fit rougir pour la seconde fois. Morgane crut même surprendre un brusque tressaillement ; il révélait à lui tout seul le trouble de s'être laissée percée à jour. Piquée dans son amour-propre, l'inconnue répondit avec une certaine aigreur.

- Je ne vois pas ce qui peut paraître digne d'indulgence dans le fait que votre perspicacité s'exerce de façon plus remarquable lorsqu'elle concerne les femmes plutôt que les petites filles !

Cette fois le coup parut porter. Derrière les lunettes noires, un froncement des sourcils blonds en fut le signe.

- Vous voulez dire plus « redoutable » ? Il marqua un temps d'arrêt durant lequel, désorientée, elle ne prit pas l'avantage. Iriez-vous jusqu'à penser que j'attire l'attention des jeunes femmes par petite fille interposée ?

Morgane commençait à s'y perdre. Mais, ce qui était clair, c'était que la belle assurance de l'inconnue l'avait abandonnée.

- Je… Je n'ai jamais insinué… que… que…

Elle balbutiait tandis que ses mains trituraient son réticule. Mais Frédéric poursuivait impitoyable :

-...jusqu'à penser que c'est là une stratégie comme une autre et que, grâce aux yeux de la fillette, j'ai déjà repéré que votre mari n'était pas dans les parages et que je pouvais tenter une approche discrète?

- Oh! La voix, élevée comme une protestation, s'éteignit dans un murmure : je suis veuve, Monsieur.

Frédéric parut touché : il inclina doucement la tête.

- Je vous demande pardon, Madame. Vous me le concéderez, n'est-ce pas? Je n'ai pas choisi ma cécité. C'est là une première monstruosité que je ne peux empêcher mais j'aurais pu vous faire grâce de la seconde : mon inexcusable muflerie... Sans cesser de fixer dans la direction de la jeune femme, il ajouta : tu viens, Morgane. Il faut rentrer. Léda nous gronderait si nous étions en retard.

Il tendit la main à la petite fille qui la prit avec un curieux sentiment de triomphe.

Au moment de disparaître dans le trou d'ombre à la fraîcheur intacte, Morgane, que précédait Frédéric, se retourna. Immobile, muette, comme une actrice grecque drapée dans sa douleur, l'inconnue se découpait sur le bleu de la mer. Elle l'entendit encore murmurer d'une voix que l'étonnement enrouait : « Morgane?... Léda?...» mais pour toute réponse, la fillette s'élança dans l'escalier.

Ils redescendirent les marches en colimaçon, traversèrent une nouvelle fois la rotonde, puis la petite passerelle sans avoir échangé une seule parole. Morgane mourait d'envie de demander la signification du mot « muflerie » mais elle n'osait pas. Elle sentait bien que le fil tendu entre eux venait de se briser, que le charme - comme on dit - « était rompu » et que si c'était sa faute à elle, l'inconnue, objectivement, elle pressentait obscurément que dans la tête de Frédéric, subjectivement, c'était la sienne. Elle n'en était que plus impatiente d'aller consulter le dictionnaire.

Ils passèrent du même pas sous la voûte sans s'être repris la main. Le long de la corniche, la mer scintillait toujours avec la même fougue mais à présent, c'était pour elle-même : elle ne partageait plus.

Ce fut Frédéric finalement qui rompit le silence en suggérant de se rendre au port à la rencontre du vieux pêcheur. Soulagée de revoir un sourire sur le visage de son compagnon, l'enfant approuva l'idée avec enthousiasme et plus encore le fait qu'il n'y eût pas renoncé. Persuadée que l'incident malencontreux du donjon perdrait de sa netteté dans la mémoire de l'aveugle si quelque impression plus forte, plus riante, venait s'y superposer et en ternir le souvenir... Comme dans ces miroirs des Contes de Fées qu'on interroge avidement et qui se troublent soudainement pour délivrer une autre vérité.

C'est pourquoi, malgré elle, Morgane accélérait le pas en approchant du port.

Ils traversèrent les places et les rues du même pas pressé, évitant ensemble la foule colorée qui, peu à peu, envahissait les artères commerçantes. Un brouhaha joyeux d'appels, de rires, d'exclamations montait dans l'air imprégné d'odeurs enchevêtrées mais accordées comme les notes d'une phrase musicale : sans qu'aucune ne souffrît de la présence d'une autre et n'y perdît sa propre identité. L'huile embaumée de thym où baignaient les olives n'enlevait rien à la fraîcheur presque épicée des tomates, pas plus qu'au parfum délicat des pêches en velours rose.

Les mots traînaient sur des syllabes paresseuses et l'on devinait les gestes et les mimiques jusque dans les intonations. L'iode, corsée, chargée de goudron, recouvrit ce concert dans une rafale de vent qui fit passer dans les branches des platanes le souffle aventureux de la mer.

Ils débouchèrent sur le port.

Là, Morgane marqua un temps d'arrêt, cherchant des yeux, entre toutes les autres, la barque de sa nouvelle connaissance. Sa pêche vendue, Dieu discutait avec animation avec trois vieilles femmes vêtues de noir. Deux d'entre elles avaient la sécheresse consternée des croque-morts (du moins c'est ainsi que Morgane se figurait les croque-morts). La troisième, plus épanouie, plus grassouillette pour tout dire, était loin d'afficher cependant les rondeurs généreuses de Victoire. Le contraste était à la fois si saisissant et si comique que Morgane, discrètement, en fit part à Frédéric.

Leurs trois visages se ressemblaient cependant. Même peau parcheminée, même regard bleu enfoncé profondément dans les orbites, même bouche, grande, sèche aux mots sucés comme des galets. Un long cou de poulet à la peau tremblotante, gargamelle gélatineuse que Morgane attribua aussitôt avec l'intuition assurée des âmes pures à la pratique soutenue, agressive des médisances plutôt qu'aux outrages inévitables du temps.

Les trois vieilles femmes se retournèrent en même temps sur le couple. Sur l'enfant sautillante à la maigreur gracieuse et le grand homme blond, mystérieux derrière l'écran de ses lunettes. Sur le regard mauve qui soutint le leur avec assurance, sans rien d'insolent mais avec ce quelque chose de souverain, de clair, de franc qui les rendit mal à l'aise. Sur le visage affable de l'inconnu qui semblait fixer un point au-dessus de leur chapeau et affronter sans gêne apparente la clarté éblouissante du ciel. Lorsque l'aînée des trois prit la parole, sa voix s'enraya une seconde car le jeune homme, baissant brusquement la tête, parut se perdre dans la contemplation de sa bouche.

- Votre visage me dit quelque chose. Êtes-vous parent du regretté Monsieur Archambaud, tombé l'hiver dernier de la plate-forme du tramway? Pauvre homme, il ne s'est pas remis de ses blessures. Il ne méritait pas une telle fin. Je n'ai jamais connu un être aussi désireux du bien d'autrui en ce bas monde !

Elle se signa.

- Paix à son âme ! reprirent en chœur les deux autres.

- Je suis désolé, je n'ai pas eu le privilège de connaître cette personne mais ce qui lui est arrivé n'en demeure pas moins fort regrettable.

Morgane leva les yeux sur Frédéric. Son air sincèrement navré faillit lui arracher un fou rire.

- N'est-ce pas ? Nous l'avons pensé nous aussi mais nous savons bien également que…

- Les Voies du Seigneur sont impénétrables, achevèrent ensemble les deux autres.

Au moment où elles amorçaient une nouvelle fois le geste de se signer, Dieu eut la bonne idée de prendre la parole.

- Te voilà déjà de retour, pitchoune. Ça me fait plaisir. Et comment se porte le genou blessé de Mademoiselle ?

- Je…

Morgane se tut. Les trois vieilles penchées vers elle avec curiosité pouvaient-elles imaginer qu'elle était la voleuse des fraises du couvent, si tant est qu'elles fussent au courant ? Qui sait ? Peut-être se réjouiraient-elles du larcin ? Elles pouvaient très bien en vouloir à mort aux Ursulines pour avoir refusé de les accueillir dans leur congrégation. Elles étaient si laides !

Frédéric dut suivre le raisonnement inverse puisqu'il dit avec gravité en matière d'explication :

- L'enfant s'est blessée en tombant du mur du couvent. Elle est bien jeune mais la vie monastique l'attire déjà beaucoup. C'est ce qu'on appelle une vocation précoce. Les Ursulines ignorent encore que… la relève, si j'ose dire, est assurée.

- Ah ? Bien… Bien… Bien…

Le mot se succéda avec des nuances de ravissement croissant tandis que les trois têtes s'agitaient comme les clochettes de la messe au moment de l'élévation.

Prise d'un grand rire qu'elle ne sut pas maîtriser, Morgane feignit d'éternuer et se détourna en fillette bien élevée. La plus grasse des trois bigotes reprit en lui posant une main bienveillante sur l'épaule :

- Vous ne devriez pas rester au soleil sans chapeau, ma chère enfant, ni prendre de tels risques pour approcher le couvent. Il suffit tout simplement de demander à la Supérieure la possibilité de visiter les lieux, ouverts au public naturellement. Je suis persuadée qu'elle accédera à votre demande, vu les circonstances. Sœur Marie-Odile se fera une joie de vous montrer la chapelle et ses merveilleux vitraux.

- Sœur Marie-Odile... répéta Morgane à moitié distraitement, plus préoccupée de calmer son accès d'hilarité en se pinçant la cuisse sans pitié dans la poche de son tablier mais, hélas, le contact du tissu rendu poisseux par les fraises écrasées redoubla son rire. Elle éternua plus fort.

- À vos souhaits ! dirent ensemble les deux grenouilles de bénitier.

Mais la plus grasse poursuivait toujours sans lâcher son épaule :

- Oui, Sœur Marie-Odile. Une jeune novice qui doit prononcer ses vœux dans le courant de l'été... Ah ! Une vocation moins précoce que la vôtre.

-... et même un peu forcée, murmurèrent les deux autres aigrement.

- Ne soyez donc point médisantes !

Morgane pour le coup ne rit plus - Quoi ? Il pouvait donc se glisser des dissensions dans l'harmonie édénique du trio ! -

- Sœur Marie-Odile a choisi la meilleure solution étant donné les circonstances...

- Ah ! Pardon... Pardon... Je ne suis pas du tout, mais alors pas du tout, de ton avis. On a choisi pour elle. Et...

Là-dessus, une polémique s'engagea entre les trois sœurs à laquelle ni Morgane, ni Frédéric, ni Dieu lui-même ne comprirent grand-chose parce que les commères s'exprimaient délibérément à demi-mots, en une sorte de langage codé qu'elles voulaient rendre transparent pour leurs auditeurs masculins mais opaque pour la fillette. Frédéric finit par s'y retrouver un peu. Il fronça les sourcils puis, hâtant les adieux, mit un terme à la conversation.

- Et Dieu alors ? fit Morgane tandis qu'elle trottinait à ses côtés dans les rues mangées d'ombre. On lui a à peine parlé.

- Il aurait été difficile d'en dire davantage, non ? Ces trois intarissables commères parlaient pour nous.

L'enfant se mit à rire.

- J'ai trouvé qu'elles ressemblaient à des poules avec leurs yeux rapprochés, leur cou si maigre et cette façon de hocher la tête…

-…et de caqueter comme si elles avaient pondu…

-…les œufs de leur panier.

Ils éclatèrent de rire ensemble, ravis de leur complicité.

Le chemin du retour fut ponctué des drôleries de Morgane. Une obscure intuition l'habitait qui la portait à redoubler de pétulance et d'humour. Parce que quelque chose en elle lui parlait en secret des aventures de l'artiste, sa spontanéité faisait reculer au fond de la mémoire les fantômes parisiens qui devaient hanter les nuits de Frédéric. La petite fille, dans la vérité toute simple de ses douze ans, occultait en cet instant les Eurydice de sa vie nocturne. Oui, elle faisait reculer jusqu'aux Enfers les ombres mystérieuses de ses conquêtes faciles. Sans calcul mais avec la ferme assurance de le tenir sous son charme, insensiblement, elle le fit se glisser dans la peau d'un grand frère et tandis que Morgane fouillait en riant ses poches pour en extirper triomphalement quelque menue monnaie - n'avait-elle pas décidé d'offrir un bouquet de roses à Léda ? Justement la petite marchande se tenait sur la corniche avec ses paniers d'osier - elle se disait avec la satisfaction d'une magicienne comblée, que le rôle lui allait comme un gant.

IV

Avant de s'effacer pour laisser passer son compagnon et de refermer le portail, Morgane demanda :

- Frédéric, c'est à cause de Chopin ?

- Pardon ?

- Votre prénom, c'est à cause de Chopin ?

Le pianiste qui s'était engagé dans l'escalier pour rejoindre la première terrasse se retourna :

- Touché, sorcière ! Ma mère était une excellente pianiste. En me nommant ainsi, elle me donnait un parrain prestigieux et peut-être une petite part de son génie. Les femmes sont si romantiques !

- Prévoyantes !

- Ou voyantes !

De nouveau, le même rire les emporta. Et ce fut toujours en riant qu'ils débouchèrent sur la dernière terrasse où le couvert avait été dressé à l'ombre d'un gigantesque parasol de toile blanche. Victoire avait particulièrement soigné le décor. Sur une nappe écrue brodée de tournesols géants, elle avait disposé les assiettes de porcelaine blanche décorées de bleuets, les couverts en argent, les verres de cristal taillé. Rien ne manquait, sauf peut-être le chemin de table. Au moment où Morgane repérait un pichet d'eau sur la desserte voisine et s'apprêtait à y disposer son bouquet de roses, la vieille gouvernante sortit de l'ombre du salon, une composition florale à la main. De vrais tournesols alanguis piquetés de vrais bleuets.

- Mais c'est magnifique, Victoire !

- Ton bouquet n'est pas mal non plus.

- Oh ! Mais ça n'a rien à voir. Ces tons de jaune et de bleu s'accordent si bien ! Comme la mer et le soleil. Tu ne trouves pas Frédéric ?

Pour toute réponse, le silence. Un silence contraint et la mine consternée de Victoire. À cause de la maladresse involontaire ? À cause du tutoiement soudain ? Qui peut le dire ? Morgane se sent la gorge sèche. C'est tellement bête ! Elle se tourne un peu pitoyable vers Frédéric qui ne verra même pas combien elle est désolée. Et si elle le lui disait ? Mais, voilà, elle n'y arrive pas. Les mots restent prisonniers dans sa gorge. Frédéric n'a pas bougé ; il tend le bras, sa main tâtonne un instant, rencontre la nappe, caresse du bout des doigts les broderies délicates.

- Tu as raison, Morgane. Ce bleu et ce jaune se marient bien. C'est très joli !

« Je t'aime », pense Morgane en silence.

Elle regarde Frédéric et son regard livre sa pensée toute nue. Mais il n'y a que Victoire qui puisse voir Morgane.

Mais déjà Léda surgit sur la terrasse, une Léda passablement excitée et dont la voix un peu forcée s'exclame :

- Ah ! Vous voilà enfin, vous deux !

Frédéric a tressailli. Son visage se fait interrogateur mais il n'aura pas le temps de poser sa question parce que déjà, devant les yeux effarés de Morgane, émergeant de l'ombre, surgit dans le soleil l'inconnue de la rotonde.

Oui, c'est bien la même. La même robe stricte. Les mêmes courbes gracieuses mais elle a retiré son chapeau et l'on ne voit plus que le blond vénitien de ses cheveux relevés en un chignon sans rigueur, parce que trop de boucles rebelles s'en échappent et moussent autour de son visage que nulle voilette ne dissimule plus. Ses yeux sont bleus mais aussi clairs, aussi transparents presque que ceux de Léda sont foncés. Ils ont l'éclat irisé du verre. Ils sont posés sur elle sans livrer la moindre pensée, la plus petite émotion. Il pourrait être intimidant ce visage, n'était la ribambelle de taches de rousseur qui émaillent les pommettes un peu hautes et la courbe retroussée du nez.

À elles toutes seules, elles confèrent aux traits réguliers, un peu froids, un aspect juvénile, presque touchant.

Morgane a tout noté en quelques secondes de silence et la première conclusion qu'elle retire de cet examen, sans en déceler la cruauté, c'est qu'elle se réjouit de la cécité de Frédéric parce que l'autre est trop belle. Muflerie ou pas, cette créature exerce sur les hommes un pouvoir redoutable. Morgane le pressent avec une telle acuité qu'elle se met à la détester. C'est un regard hostile que l'inconnue soutient, sans trace de surprise du reste.

- Bonjour, Morgane. Je suis désolée que nous ayons si mal commencé tout à l'heure. Sincèrement, j'ai eu très peur et c'est pourquoi je me suis montrée si vive.

La même voix. Voix de soprano ou d'actrice. Une diction parfaite. Des inflexions musicales. Mais Morgane demeure obstinément silencieuse. Elle a baissé les yeux. Ce rôle d'enfant buté lui convient à merveille. Il l'installe dans la facilité.

- Quant à vous, Monsieur Dampierre, je vous renouvelle toutes mes excuses pour l'agressivité inqualifiable avec laquelle je vous ai abordé.

- N'en parlons plus ! L'incident est clos - Léda intervient avec résolution -. Passons plutôt à table. La bouillabaisse ne doit pas refroidir

Frédéric se tait. Il semble attendre la suite... car nécessairement il doit y avoir une suite.

Morgane relève le menton, toise la jeune femme.

- Et d'abord, qui vous êtes, vous ? Et qu'est-ce que vous venez faire ici ? Dans cette maison ? Comment nous avez-vous retrouvés ? Si c'est pour dire du mal de Frédéric...

- Morgane !

La voix de Léda claque comme un fouet

- Laissez, Léda. Je ne lui en veux pas. (L'inconnue se penche vers le petit visage déformé par la colère.) J'aurais dû commencer par le début. Je ne suis pas venue à cause de ce qui s'est passé dans le fort, Morgane. Je n'étais là-bas que pour tuer le temps, en attendant une heure plus appropriée pour me présenter ici. Elle se tait quelques secondes. Sourit. Deux fossettes creusent ses joues. Nous sommes parentes, tu sais. Ton père et moi étions frère et sœur. Je m'appelle Rebecca Vincent, née Chevalier. Comme toi.

Morgane secoue sa crinière. Ses yeux violets sont devenus raisins mûrs. Un orage latent vient s'y concentrer.

- Je ne vous crois pas. Papa ne m'a jamais parlé de vous !

- Morgane !

Une nouvelle fois, le rappel à l'ordre de Léda. Et toujours le silence de Frédéric. Comme changé en statue de sel.

- Je sais... Je n'étais pas en très bons termes avec Alex... avec Alexandre, veux-je dire. Il aurait souhaité que je vous rejoigne après la mort de mon époux, mais je ne l'ai pas fait. Je suis restée à Lausanne où j'habite encore.

- Eh bien, c'est parfait ! Ne changez rien à vos habitudes surtout !

- Tu vas trop loin, Morgane. Laisse cette dame s'expliquer et montre-toi plus polie, je te prie.

Cette fois, c'est Victoire qui s'en mêle. Décidément, le monde entier s'est ligué contre elle.

Pourquoi cette matinée somptueuse est-elle en train de basculer du côté du cauchemar ? C'est à cause d'elle... à cause d'elle. Tout a changé depuis que cette vieille corneille est entrée en scène...

Morgane psalmodie à voix basse :

- Vieille corneille, vieille corneille, retourne dans ton nid suisse.

- Qu'est-ce que tu marmonnes, Morgane ? demande Léda.

Elle a l'air excédée et cependant cette petite lueur carnassière au fond des yeux marine existe bien. La fillette ne l'invente pas qui veut s'y référer comme à un signe de complicité muette.

- Rien… Je ne dis rien…

- Vous avez donc changé d'avis, Madame, puisque vous avez souhaité rencontrer Morgane.

La voix de Frédéric est d'une grande douceur. Trop grande. C'est pour mieux te manger, mon enfant !

- Oui, Monsieur Dampierre. Cette enfant est seule au monde. Je suis seule au monde. Nous appartenons à la même famille. Ma place est auprès d'elle.

- Vous m'oubliez, Madame Vincent.

Léda sourit et la lueur carnassière du regard s'étend jusqu'à sa bouche.

- Et vous oubliez les mesures testamentaires de votre frère. C'est à moi qu'il a confié Morgane et c'est pour cela que je suis allée la chercher à Casablanca.

- Je n'oublie rien. Rebecca pose ses yeux graves sur la jeune fille déguisée en pirate… Mais je pense que j'ai le droit en tant que seule parente avec vous - elle appuya sur le vous pour montrer sa bonne volonté - de partager une vraie relation avec ma nièce. Je suis venue pour qu'on en parle. Je suis plus âgée que vous. D'une certaine façon, ma vie est faite. Vous, vous n'avez guère plus de vingt ans. Un jour, vous vous marierez, vous aurez des enfants. La place de Morgane se justifiera davantage auprès de moi qui aurai tout le temps nécessaire à lui consacrer.

- Vous avez bien tout pensé.

La voix de Léda est chargée de colère. Elle couve tel le feu sous la cendre.

- Oui… Mais n'est-ce pas la solution la plus raisonnable ? Je prendrai Morgane avec moi et vous pourriez l'avoir pour les vacances…

Léda n'a pas le temps de répondre que déjà Morgane rugit :

- Mais de quel droit décidez-vous pour moi ? Vous venez me chercher parce que vous n'avez plus de mari, pas d'enfant, n'est-ce pas ? Mais regardez-moi bien, Madame, jamais, jamais, je ne serai le bouche-trou de votre solitude !

Cette fois, personne ne cherche à l'interrompre. Morgane se sent grisée par la montée d'adrénaline qui fait couler la sueur dans ses paumes.

- Mon père a désigné la personne qui devait me recueillir. Le débat est clos, comme disent les adultes.

- Je ne veux rien t'imposer, ma chère enfant. Je suis venue soumettre des propositions auxquelles je demande qu'on réfléchisse... Quant à ma solitude, elle ne regarde que moi. J'en fais mon affaire.

- Êtes-vous sûrs, tous, d'avoir encore assez faim pour goûter à ma bouillabaisse ? demande Victoire dont les traits consternés déclenchent chez Morgane une vague de tendresse.

Elle se précipite sur la vieille gouvernante, entoure de ses bras la taille épaisse. Le visage enfoui dans la poitrine opulente, elle décrète :

- Je suis bien là où je suis. Je n'en bougerai pas. Repartez d'où vous venez.

- Morgane ! (La voix de Léda gronde.) Parle sur un autre ton !

- Non ! Je n'irai pas ! Même pour des vacances. Je préfère encore embarquer sur le trois-mâts du Mongol !

- Du Mongol ? Quel Mongol ?

- Ou même devenir la fille de Dieu, s'il veut de moi !

- La fille de Dieu ? Cette petite est folle !

Frédéric toussote :

- Je crois qu'elle veut parler d'un vieux pêcheur, Dieudonné Bellon. Il vend des bouillabaisses.

- La fille d'un pêcheur...

- Ou mieux ! Je préfère prononcer mes vœux définitifs comme Sœur Marie-Odile et avant la fin de l'été encore ! J'habiterai en face ! Personne ne m'obligera à partir ! Personne ! Ça, je me le promets !

Complètement dépassées, Victoire et Léda regardent la petite furie aux poings serrés. Les cheveux en bataille, elle opine mécaniquement de la tête tandis que ses yeux lancent des éclairs. Rebecca, de son côté, paraît anéantie. Seul, Frédéric lutte contre un irrépressible fou rire. Il s'oblige pourtant à poser ses questions le plus sérieusement du monde :

- Vous avez des activités, Madame Vincent ? Comment s'organise votre vie ?

- Oui, monsieur. Mon mari ne m'a pas laissée dans le besoin mais j'ai choisi de travailler. Je suis professeur d'anglais dans un pensionnat de jeunes filles. Et se tournant vers Morgane, avec un sourire engageant : si tu veux, Morgane, je t'apprendrai l'anglais.

La fillette porte sur son interlocutrice un regard glacé.

- Thank you but you will not have to. I have been speaking english for many years.Et tandis que Rebecca la regarde pensivement, elle ajoute avec négligence : j'ai toujours eu des nurses anglaises. Papa y tenait. À Casablanca, ou comme avant à Pondichéry. Puis avec une expression des plus innocentes, d'une voix presque caressante : vous connaissez Pondichéry ?... C'est en Inde.

- Je sais, laisse tomber Rebecca sobrement. Va-t-elle capituler ? Se taire ? Mais non ! Elle préfère changer de sujet, se faire soudain câline : tu ressembles beaucoup à ta maman !

- Non !

- Comment non ? C'est vrai, je t'assure, la ressemblance est frappante.

- Je vous interdis de parler de ma mère.

- Morgane ! Léda se fâche encore mais Rebecca ne se démonte pas, elle affiche la patience du dompteur qui veut apprivoiser le fauve : c'est bien, je ne t'en parlerai pas. Je voulais seulement te faire plaisir en t'apprenant que je l'ai connue.

- Me faire plaisir ! Je suis orpheline, je n'ai plus ni père ni mère et vous pensez me faire plaisir en me parlant de mes parents !

Rebecca se mord les lèvres :

- Je suis sincèrement désolée.

Mais Morgane ne lui laisse pas le temps d'éprouver du remords.

- Avez-vous des chiens ?

- Je te demande pardon, Morgane ?

- Oui, avez-vous des chiens ?

Les yeux de l'enfant sont devenus indéchiffrables. La connaissant, Victoire rentre le cou dans les épaules. Léda pique du nez dans son assiette vide. Seul, Frédéric garde la tête bien droite, une expression d'absolue sérénité sur le visage.

- Non, je n'ai pas d'animal.

- C'est triste ! Très triste ! Parce que vous faites manifestement partie de ces gens qui réussissent mieux avec les bêtes qu'avec les enfants.

Oh ! Le regard de glace au moment de l'estocade !

- Ça crève les yeux… Oh ! Pardon, Frédéric…

- Cesse de t'excuser, moussaillon, parce que deux fois sur trois tu oublies que je suis aveugle. Ça me plaît infiniment. Cela me change des apitoiements polis et de la pitié ambiante.

- Est-ce pour moi que vous dites cela ? rétorque Rebecca, agressive.

- Mais qu'est-ce qui se passe aujourd'hui ? s'écrie Léda. Tout le monde se montre désagréable !

- Mais non, Léda. Qu'est-ce que tu t'imagines ? - Que la voix de Victoire est soudain conciliante ! - Tout va très bien au contraire : ils font connaissance.

Morgane a dû quitter la terrasse à regret. Victoire a décrété qu'une toilette, même sommaire, s'imposait avant de passer à table. Et la voilà maintenant dans la salle de bain, curiosité baroque souhaitée par Léda, au milieu des kantias et des abutilons, en train de se frotter le museau et le torse. Elle regarde sans complaisance ses petits seins naissants et se penche curieusement sur la glace pour examiner sa bouche qu'elle juge avec sévérité : trop grande. Trop charnue. Trop animale. Elle manque de distinction, c'est sûr ! Que n'a-t-elle les lèvres de l'autre ! Ourlées et bien proportionnées. Elle la déteste. Vraiment ! D'ailleurs, tout dans cette femme la heurte. Son apparence. Ses mots. Ses gestes. Lui apprendre l'anglais ! Elle voulait lui donner des leçons dans la langue de Shakespeare comme on donne une friandise ! Comme un chien reçoit son biscuit quotidien ! Merci bien.

Thank you very much.

Mais, mon Dieu, est-ce qu'elle va l'emmener ? Réussir à convaincre Léda ? Ce serait trop affreux. Morgane à présent s'étrille le ventre avec une ardeur redoublée. Non ! Elle ne pourra pas.

Elle ne pourra pas ignorer les dernières volontés de son frère. Personne n'oserait jamais s'opposer aux ultimes désirs d'un mort. Rebecca comme les autres. Ce serait s'exposer à une malédiction effroyable. Le fantôme de son père pourrait venir lui tirer les pieds durant son sommeil, ou les cheveux. Une fessée serait mieux appropriée tout de même... Et tandis qu'elle imagine la tante Rebecca sur les genoux paternels, la robe retroussée, le postérieur dodu livré à la vindicte de l'au-delà, elle pince avec désolation son propre derrière : a-t-on idée d'avoir une croupe aussi dessinée ? Tout comme sa bouche, son popotin manque de distinction. C'est à pleurer !

Maintenant, elle engage délicatement le gant entre ses jambes, refusant de s'attarder sur le petit triangle sombre qui la rend mal à l'aise. Elle déteste ses poils. Frédéric n'en a pas, lui qui est blond. Ils sont invisibles donc ils n'existent pas mais, elle, qu'elle lève seulement les bras et l'on aperçoit une mousse brune sous ses aisselles. Tout cela est consternant... Morgane s'enveloppe prestement dans une grande serviette et se frotte, se frotte... S'il suffisait de frotter pour que disparaissent les signes de sa féminité naissante, elle insisterait encore davantage mais, bon, on l'attend sur la terrasse. Il faut renoncer à espérer des miracles. Ils mettent bien trop de temps à s'accomplir !

Un dernier regard dans le miroir : les cheveux lissés, le regard aux cils mouillés, lavé comme par la pluie, le chemisier au col impeccable.

- C'est à mourir. Je suis déjà parée pour son pensionnat de jeunes filles !

Alors, par dépit, plus encore par provocation, elle penche la tête au-dessus de la cuvette, fourrage énergiquement ses doigts dans ses cheveux à l'envers et ils gonflent, ils gonflent... s'animent d'une vie propre et redeviennent crinière de lionne révoltée. Morgane s'attarde sur l'image que lui renvoie le miroir : une sauvageonne endimanchée.

Satisfaite, elle décrète alors :

- C'est mieux ! C'est bien mieux ! Et si les autres ne me préfèrent pas comme ça, tant pis ! Moi, je m'aime !

Dans la cuisine, Victoire est en train de verser délicatement le jus brûlant sur les tranches de pain rassis. À côté de la soupière qu'elle remplit avec précaution, le grand plat est dressé. Impressionnant. Sur un lit de rondelles de pommes de terre, couleur safran, sont disposés la cohorte appétissante des rascasses rouges, des crabes vermillon, des tranches de congre en velours noir et tout un tapis de moules en fleurs. La rouille luisante attend dans le pilon en marbre.Monte l'odeur puissante de l'ail et de l'huile, Morgane la hume avec délices.

- Dis, Victoire !

L'interpellée tourne la tête sans s'interrompre, jette un regard désapprobateur sur la fillette, soupire en lui tournant le dos.

- Oui, ma cocotte, qu'est-ce que tu veux ?

- Qu'est-ce que ça veut dire « muflerie » ?

- Muflerie ? Victoire tourne sa rouille une dernière fois avec une satisfaction évidente. Elle réfléchit une seconde : on en parle à propos des hommes. On dit que ce sont des mufles et, ma foi, on n'a pas tort.

- Mais Frédéric a un beau visage ! Il n'a pas le museau d'un… d'un animal !

- Qui te parle de Frédéric ? Un mufle, c'est une image. C'est un homme grossier, mal élevé.

- Frédéric, grossier ? Morgane ouvre de grands yeux. Elle comprend de moins en moins. Comment a-t-il pu s'accuser d'une ignominie pareille ?

- Mais qu'est-ce que tu racontes ? Tu ne vas pas bien, ma petite fille. La visite de cette dame t'a complètement retournée.

- Ne parlons pas d'elle, s'il te plaît. Ça me coupe l'appétit et, avec un regard de concupiscence exagérée pour la bouillabaisse que Victoire s'apprête à emporter : ce serait dommage… Dis-moi plutôt si tu connais Frédéric depuis longtemps.

Le pas de la vieille gouvernante ne se suspend qu'une brève seconde. Placidement, elle se dirige vers la porte, l'enfant sur ses talons.

- Oui, bien sûr. Son père et ton arrière-grand-père étaient très liés. Le premier dessinait les bateaux. Le second les construisait. Mais ils étaient plus que des collaborateurs, tu sais. C'étaient des amis.

- Et leurs enfants aussi étaient amis ?

La question a été posée avec précaution, évitant soigneusement le recours aux prénoms.

C'est donc là qu'elle voulait en venir, songe Victoire tandis qu'un vent de panique essouffle son vieux cœur. Néanmoins, elle se ressaisit :

- Tu l'imagines sans peine. Frédéric et son père habitaient un vieil immeuble bourgeois du centre de la ville. Enfant, il adorait venir jouer ici, dans les jardins, à deux pas de la mer. Il était le champion des espiègleries et des frasques en tous genres. Naturellement, les deux sœurs lui assuraient un soutien inconditionnel. Ton arrière-grand-père le disait toujours et…

Victoire s'interrompt. Le petit visage a blanchi. Alors la vieille dame se fâche :

- Tu vois, tu me demandes, tu me demandes, et moi, je raconte n'importe quoi… De toute façon, ce n'est pas le moment de parler de tout ça. Je vais servir…

- Non, je t'en prie, Victoire. Une minute encore…

- Qu'est-ce que tu veux savoir ?

La mauvaise humeur ostensiblement affichée par Victoire ne décourage pas l'enfant. Mais c'est dans un souffle qu'elle poursuit :

- Je veux savoir comment il a perdu la vue.

Pour toute réponse, Victoire franchit la porte. Morgane, les yeux noyés, ne voit plus que le chignon gris, le dos large, le nœud blanc du tablier sur la croupe généreuse.

- Victoire, je t'en prie. Quel âge avait-il ? Était-ce un accident ? Une maladie ?

Sans se retourner, la vieille gouvernante se précipite sur l'issue qu'on lui offre :

- C'est cela même, oui. Un accident. Une mauvaise chute. Il avait alors une vingtaine d'années. Mais tout ça, c'est du passé. N'y touche pas, ma petite fille. Ne réveille pas les vieilles douleurs. Et elle ajoute d'un ton qui clôt le sujet : Prends plutôt la soupière et ne la renverse pas !

Morgane obéit, déçue sans trop savoir pourquoi.

La cuisine de Victoire a fait merveille.

Dans un premier temps, plus personne n'a parlé, chacun se concentrant sur le contenu de son assiette. Morgane a même demandé la permission de manger ses crabes avec les doigts et, du reste, elle ne s'en prive pas. Léda s'est occupée de Frédéric avec beaucoup de sollicitude : « Je te sers une tranche de congre, il y a moins d'arêtes. » Morgane s'est proposée pour napper de rouille ses pommes de terre. Victoire a veillé à ce que son verre ne soit jamais vide. Toutes ces attentions discrètes dessinent sur la bouche de Frédéric ce sourire renversant qui donne envie de l'embrasser.

Seule, Rebecca n'ose intervenir. Elle mange lentement la nourriture brûlante ; de petites perles de sueur brillent sur les ailes de son nez et les boucles autour de l'ovale délicat de son visage n'ont jamais été si batailleuses.

Morgane l'observe à la dérobée. C'est vrai qu'elle est belle. Renoir, s'il l'avait connue trente ans auparavant, aurait pu l'engager comme modèle pour son « Déjeuner des Canotiers ». Morgane l'imagine très bien à la place d'Aline Charigot jouant avec son petit chien, sur la terrasse du restaurant Fournaise, à Chatou. Pour une fois, c'est une pensée charitable, dépourvue de jalousie, qui la traverse. Dommage que Frédéric ne puisse pas la voir. Telle qu'elle est, corsetée dans le noir de sa robe, sous la lumière de ses cheveux où le soleil vient jouer parce que le parasol ne la couvre pas entièrement, elle ressemble à une apparition et le fait qu'elle mange simplement - qu'elle ne lise pas, qu'elle ne brode pas, qu'elle ne rêve pas - non, le fait qu'elle ouvre la bouche et la referme en mâchant soigneusement avec une moue gourmande, n'enlève rien à la beauté de cette apparition. Et quand soudain, tandis que ses dents mordent dans la tranche de pain dégoulinante, un peu de jus coule sur son menton, elle a un petit rire et renverse la tête avant de s'essuyer en prenant tout son temps.

« Une femme qui mange la bouillabaisse de cette façon ne peut pas être foncièrement mauvaise », se dit Morgane en suçant ses doigts bruyamment.

Victoire lui jette un regard de reproche mais la fillette feint de l'ignorer. Elle ne doit pas s'attendrir, surtout pas. Elle doit rester vigilante parce que le pouvoir de séduction qu'elle a pressenti chez cette femme, elle est en train d'en subir les effets.

Pour y échapper, elle se force à regarder Léda. Saura-t-elle aussi y résister? Conservera-t-elle cette assurance qui lui permet à chaque instant de saisir ce qui importe, ce qui est vrai et d'écarter l'accessoire, pour ne pas dire l'illusoire? Mais Morgane se rassure. Léda affiche une telle sérénité! Elle vient de porter à ses lèvres un énorme morceau de rascasse et la broie avec une satisfaction de prédateur. Elle ne s'est pas changée pour le repas. Elle a conservé sa chemise de percale écrue et son foulard rouge. Non, elle ne doit pas craindre la faiblesse de Léda. Elle pourrait monter sur la table et clamer soudain, sa fourchette à la main : « À l'abordage! » dans la direction de Rebecca, que Morgane n'en serait pas surprise le moins du monde.

Elle est forte, Léda. Et le fait qu'elle n'ait guère plus de vingt ans ne change rien à la chose. Elle a su poursuivre l'œuvre de son grand-père. Entourée de collaborateurs qui l'épaulent, elle sait gérer ses affaires avec une justesse de vue, rare chez un être aussi jeune. C'est Victoire qui le lui a dit. Et Morgane le croit sans peine. Elle ne doit pas se faire de souci de ce côté-là. Léda a les moyens de la garder près d'elle et son père le savait qui l'a désignée pour le remplacer. Cette conviction lui tire un soupir de satisfaction que Victoire prend pour un soupir de satiété heureuse.

- C'était bon, mon poulet? demande-t-elle avec tendresse. Morgane hoche la tête sans répondre. Et vous, Madame Vincent, avez-vous aimé? Voulez-vous reprendre encore un peu de poisson ? Ou quelques moules ? Un dernier crabe peut-être ?

Le rire de Rebecca fuse. Juvénile. Communicatif.

- Vous voulez ma mort, Madame Victoire ! Ma robe va exploser… Non, merci, j'ai terminé. C'est la meilleure bouillabaisse que j'ai mangée de ma vie !

- Vous en aviez déjà mangé, s'étonne Morgane. En Suisse ?

Rebecca rit encore.

- Non, pas en Suisse. Ici même…

Elle s'interrompt aussitôt, consciente d'en avoir trop dit. Elle se mord les lèvres, un peu gênée. Un silence pesant vient de tomber sur toute la tablée.

- Ici même ? Morgane insiste plus par étonnement que par curiosité : vous étiez déjà venue dans cette maison, avant aujourd'hui ?

Rebecca a baissé les yeux, elle joue avec les miettes de son pain. Personne ne parle. Et Morgane brusquement s'en rend compte.

- Expliquez-moi… C'est dit sur un ton de prière, sans aucune agressivité. Alors Rebecca reprend en hésitant : oui, ici même… mais j'ai eu tort de t'en parler. Laissons cela.

- Pourquoi ?

Les yeux mauves viennent d'entrer de force dans les yeux clairs. Rebecca ne peut se soustraire à la question brutale.

- Parce que c'était à l'occasion d'un événement que je ne saurais évoquer sans peut-être te faire de la peine.

Le silence des autres est si tangible qu'on n'entend plus que le bourdonnement des guêpes venues à l'assaut des assiettes.

- Dites toujours.

- J'ai mangé une bouillabaisse ici, voici plusieurs années. Dans les jours qui ont suivi le mariage de tes parents. J'avais été invitée à séjourner quelque temps à la Villa Tamaris après la cérémonie. Ils ne sont pas partis tout de suite en voyage de noces. Voilà, c'est tout.

- Vous connaissiez donc Léda ?

- Oui, à l'époque, elle était toute jeune. N'est-ce pas, Léda ?

L'interpellée hoche la tête en souriant mais Morgane est frappée par la tristesse soudaine du regard.

- Et Victoire ?

Rebecca n'a pas le temps de répondre que déjà la vieille dame enchaîne :

- Non ! J'avais dû m'absenter pour m'occuper de ma sœur malade. Si je vous proposais un dessert, maintenant ? Ce serait une bonne idée, non ?

Mais Morgane ne se laisse pas détourner de son propos :

- Et toi, Frédéric, tu y étais à ce mariage ?

Mais Frédéric ne répond pas. Il repousse seulement sa chaise. Se lève. Comme il est grand ! Le soleil incendie la chevelure rebelle. Mais derrière ses lunettes noires, le visage n'est plus qu'un masque blafard. Les deux parenthèses de chaque côté de sa bouche s'accusent et donnent à son sourire contraint une expression tragique. Les mots sortent laborieusement :

- Je... Je vous prie de m'excuser... Mesdames... si je me retire quelques instants... La chaleur sans doute...

Léda s'est dressée avec empressement. Déjà, elle va vers lui, passe un bras amical sous le sien.

- Viens, Frédéric, je t'accompagne. Tu as raison, il fait une chaleur intenable aujourd'hui.

Ensemble, ils disparaissent dans la maison.

Morgane est médusée. Elle regarde sans la voir Victoire empiler les assiettes que Rebecca lui tend gravement, une à une. Un instant, on ne perçoit plus que le cliquetis de la porcelaine.

- Tu es contente de toi ? La fillette regarde la vieille dame sans comprendre. Oui, tu es contente de toi ? Je t'avais dit clairement tout à l'heure de ne pas revenir sur le passé. Tu ne t'en souviens pas ?

Morgane hoche la tête, les yeux remplis de larmes. Elle répète à voix basse :

- Ne pas réveiller les vieilles douleurs... Si, je m'en souviens.

- Et alors ?

- C'est ma faute, Madame Victoire.

Ah ! Non... Cette Rebecca qui vient à son secours, elle la hait à un point inimaginable !

Comment a-t-elle pu être attendrie un instant par ses airs de sainte Nitouche ? Oui, c'est sa faute. Pas la sienne.

- Tu me fatigues, Morgane, reprend Victoire avec dureté. Tu nous fatigues tous avec tes sempiternelles questions !

Jamais Victoire ne lui a parlé sur ce ton. Alors rendue furieuse parce que sa peine de l'avoir déçue n'a jamais été aussi grande, elle crie :

- Mais tu n'y réponds pas à mes questions ! Elles sont naturelles, mes questions !

Elle voit la bouche pincée de Victoire se détendre un peu. La paix peut encore être signée mais c'est plus fort qu'elle.

- Il y était, oui ou non ?

- Non ! Il n'y était pas !

Les mots claquent. Victoire s'empare sèchement de la pile d'assiettes sales. Elle marche résolument vers la porte fenêtre. Brusquement, elle se retourne :

- Et tu veux savoir pourquoi, naturellement ?

Morgane ne répond pas. Rebecca tout près d'elle rassemble les couverts. La table désertée, à moitié desservie, a pris un air de désolation. Elle ne voit plus que les taches de gras à côté des tournesols brodés et cette autre de vin rouge qui se dessine comme une fleur de sang.

- Eh bien, je vais te le dire, Mademoiselle-je-veux-tout-savoir. Il n'y était pas parce qu'il était souffrant.

- Souffrant ?

- C’est un euphémisme ! Tu chercheras toi-même le sens de ce mot dans le dictionnaire, avec un autre terme, « muflerie » qui - je viens de le découvrir aujourd'hui - ne s’applique pas qu’aux hommes !

- Oh !

- Oui, souffrant, ma petite fille. Et tu veux savoir aussi de quoi il souffrait naturellement pour ne pas s’être rendu au mariage de son amie ?

Morgane ne regarde plus personne. Elle s’essuie les yeux avec sa serviette, s’y mouche. Jamais elle n’aurait cru que tant de larmes pouvaient s’échapper de ses paupières.

- Il venait de devenir aveugle ! Oui, aveugle, et tandis que les autres se mariaient, lui, sur son lit d’hôpital, il apprenait qu’il ne verrait plus jamais. Ni rien ni personne. C’est cela que tu viens de lui rappeler avec tes questions maladroites.

Morgane se lève d’un bond.

- Je vais lui parler.

- Non ! Va plutôt faire un tour et médite bien tout ce que je viens de te dire.

Morgane s’est assise sur les galets roses et gris entre lesquels brille parfois l’éventail nacré d’un coquillage vide. Les jambes étendues dans l’eau, appuyée sur les mains, elle écoute la calme respiration de la mer s’unir au clapotis irrégulier de ses battements de pied. Elle se vide peu à peu la tête pour n’être plus que ce contact de l’eau fuyant ou épousant sa peau. Sur son visage renversé, livré au ciel, l’haleine du soleil devient brûlante, glisse entre ses dents par sa bouche entrouverte. Comme une langue.

Elle demeure ainsi, silencieuse, inerte, découvrant avec délices le plaisir de ces cécités qu’on s’impose passagèrement et dont on jouit si fort parce qu’elles ne sont qu’une éclipse de soleil, un caprice de la lumière, un mensonge de la nuit. Elle sent un baiser peser sur sa langue, une émotion nouer sa gorge. Son cœur manque même un battement. Au fond de sa tête, quelque chose lui intime l'ordre de ne plus sourire, d'ouvrir les yeux et de mettre fin ainsi au malaise qui pointe mais quelque chose de plus profond encore et de plus impérieux exige qu'elle poursuive ce jeu absurde, dérisoire, qu'elle aille jusqu'au bout de ce mimétisme cruel et bien sûr, puéril. Elle se tend encore, se tend plus fort… Les tempes moites de sueur, la bouche sèche, elle laisse les mots entrer dans son crâne : « Je suis aveugle. Je suis aveugle. Je ne verrai plus jamais. Plus jamais… »

Ses jambes s'étaient raidies dans l'eau.

Le souffle égal de la mer devenait insupportable. Les galets blessaient la paume de ses mains et ses fesses trop tendres.

Elle voulut descendre un peu plus loin dans son désir, sûre d'y trouver la réponse à la question qui la taraudait. Elle vint. Derrière ses paupières closes, le monde saignait.

Maintenant qu'elle sait, elle ne pourra plus le regarder ni lui parler de la même façon.

S'apercevra-t-il du changement ? Sans doute. Ses yeux à lui sont intérieurs. Elle ne pourra rien lui cacher de ce qu'elle a découvert. Amèrement, elle songe à ses trouvailles du matin, à ces vérités qui l'avaient enchantée et comblée : la Sérénité. La Sagesse. La Séduction.

Elles étaient fausses ; elles n'en cachaient qu'une seule de vrai : la Souffrance.

Elle venait d'en recevoir la preuve et il lui semblait que ce don accepté malgré elle la vieillissait de plusieurs années. Avait-elle vraiment cru qu'il était différent d'elle ? Qu'il avait vaincu toutes ses peurs ? Qu'il était devenu sage et, partant, heureux à force de sagesse ?

Comme elle s'est trompée !

Elle n'a rien vu, rien compris. Elle n'a pas su interpréter les rides du sourire, les silences, les mots à double sens ; elle s'est contentée des apparences.

Elle a froid, soudain. Si tout depuis ce matin n'était que faux-semblants ? Le saut du mur, Dieu et sa pêche, Léda et sa force. Rebecca.

- Comment ai-je pu me tromper à ce point ?

Elle secoue la tête tandis que le portail sous la poussée de sa main grince. Il faut pourtant bien qu'elle rentre, qu'elle les revoie tous, qu'elle les affronte. Elle gravit quelques marches puis se retourne.

La mer est devenue rivière de diamants. Elle scintille sous le ciel. Brusquement, Morgane se dit que c'est dans ses profondeurs que se cachent le jour les étoiles de la galaxie.

Il est deux heures de l'après-midi.

- Je t'emmène ?

Léda vient d'apparaître sur la terrasse. Plus rien ne subsiste des traces de leur déjeuner. Pas même son bouquet de roses.

- Et puis, voilà, tiens ! Ton dessert…

Elle lui tend deux abricots que Morgane accepte machinalement.

- Où ça ?

- En voiture. Je vais la sortir. Rejoins-moi en bas.

En voiture… La veille encore, Morgane aurait sauté de joie. Aujourd'hui, la proposition la laisse indifférente. Mais elle n'en montre rien.

- D'accord. Je t'accompagne.

- Va chercher ton chapeau. C'est l'heure où le soleil est le plus…

Léda s'interrompt.

Le piano vient d'émerger de son silence. Sous les doigts de Frédéric, la musique vient de s'éveiller comme une femme endormie. Elle s'étire, s'étend jusqu'aux rideaux qu'elle agite et fait danser dans le vent. Les notes s'égrènent avec une douceur si délicate que Morgane qui s'élançait déjà se fige, sous le charme.

- Frédéric joue, murmure-t-elle, éblouie.

- Oui, « La Mer » de Claude Debussy... Jeux de vagues...

Morgane rayonne en croquant ses abricots. La musique, elle l'avale goulûment dans la saveur des fruits. Mon Dieu, c'est comme ce matin... Comme ce matin... Si rien n'avait changé malgré ses craintes...

- Où va-t-on ?

- On s'arrête d'abord au couvent. J'envisage la réparation du mur mitoyen. Tout un pan s'écroule. Je dois en parler avec les Sœurs et puis ensuite, direction Le Castellet. C'est un petit village où nous ferons toute une provision de lavande. Victoire renouvelle les armoires... Alors ce chapeau, il vient ?

- J'y vais... J'en ai pour une seconde.

Tandis que Léda s'engage dans l'escalier, Morgane s'oblige à ne pas passer par le salon pour ne pas déranger Frédéric. Elle se contente de la cuisine. Victoire y fait bruyamment la vaisselle et n'entendra pas la fillette qui traverse sur la pointe des pieds. Tout de même, elle aimerait bien voir les mains de Frédéric sur le clavier. Elle glisse sa tête par la porte entrouverte. Ses yeux délaissent la lourde bibliothèque, le paravent chinois, le théâtre de verdure devant la baie vitrée. Ils ne s'attardent pas davantage non plus sur les brassées de fleurs disséminées un peu partout. Ils ne voient que le long piano à queue, luisant comme un ventre d'ébène d'où la mer sort en cascades brûlantes et le profil de Frédéric, penché sur son instrument, comme un sorcier sur le corps qu'il envoûte.

Elle défaille. C'est le plus beau moment de la journée. Le plus intense. Le plus émouvant. Mais, en jouant, Frédéric vient de relever la tête. Il sourit. À qui ? Morgane se penche davantage. Sur le canapé Chesterfield, Rebecca est assise.

Les yeux rivés sur le pianiste, elle ne prend pas la peine de cacher l'émotion qui l'étreint. Elle roule en boule un petit mouchoir dans ses mains et, de temps à autre, s'en tamponne les yeux. Sans bruit.

Frédéric joue.

Morgane sent la morsure de la jalousie lui brûler le cœur.

Frédéric joue… et la mer qu'il déverse en cadeau dans la pièce, ce n'est pas à elle, Morgane, qu'il l'offre après l'avoir regardée, le matin, ensemble, c'est à une autre. À une autre qu'il la donne et cette fois, sans partage. À Rebecca, son ennemie.

V

La mort dans l'âme, elle a rejoint Léda, déjà installée au volant de la rutilante Panhard, série limitée, héritage précieux du grand-père que les automobiles passionnaient autant que les bateaux et qui s'était fait un devoir d'apprendre à conduire à sa petite-fille. Elle a troqué son foulard rouge contre un bonnet de cuir et ses larges lunettes de protection la font ressembler à un aviateur.

La portière du côté passager est ouverte. Le moteur ronfle avec satisfaction. La conductrice l'écoute avec le recueillement d'une mélomane. Morgane ne peut s'empêcher d'en être amusée, en dépit de sa colère. Elle est si originale, sa jeune tante ! Un peu casse-cou, un rien masculine mais déesse jusqu'au bout des ongles. Comme elle en impose avec ce sourire conquérant qui dégage sa denture superbe. Léda, c'est sûr : la Vie l'aime !

- Allez, grimpe, ma petite louve. On appareille.

Morgane obéit. Elle se glisse sur son siège avec l'agilité d'une jeune guenon dont elle affiche la mine renfrognée. L'air de rien, elle suggère :

- On aurait dû emmener Rebecca avec nous…

Léda lui jette alors un sourire qu'elle a beaucoup de mal à ne pas rendre taquin.

- Oui, peut-être… mais, tu sais… Elle s'interrompt une seconde avant de décocher sa flèche dans un éclat de rire : la digestion de la bouillabaisse épuise les néophytes…

- Ne te moque pas de moi, Léda.

- Du tout, mon dauphin charmeur. Je ne me moque pas. Mais si tu préfères la vérité, je peux aussi te parler du pouvoir de Debussy sur les âmes sensibles.

Furieuse, Morgane s'enfonce jusqu'aux yeux le chapeau de paille par la faute duquel sa promenade est gâchée. À moitié aveuglée, elle hurle pour couvrir le moteur qui s'emballe :

- Démarre, bon sang… sinon je crois que je vais la traîner de force au Castellet et qu'elle s'asphyxiera sous des tonnes de lavande !

Pour toute réponse, Léda s'exécute. Elle impose avec une facilité née de l'habitude sa volonté au monstre de fer. Il s'ébranle en douceur et parcourra sans rechigner la ridicule distance séparant la maison du couvent.

- On aurait pu tout aussi bien y venir à pied, déclare Morgane, boudeuse.

Mais déjà Léda a dompté le fauve qui s'est tu. Elle donne une claque familière à la carrosserie toute luisante de soleil. Son geste s'achève en caresse.

- Tu veux la vexer ?

Vu sous cet angle, évidemment, il n'y a plus rien à dire.

À présent qu'elles ont franchi la porte du silence et que derrière elles, le monde s'est éclipsé, Morgane se sent impressionnée. Un peu plus que dans une église mais bien moins que dans un cimetière. La maison de Dieu l'apaise en l'intimidant toujours. Le territoire des morts l'angoisse parce qu'il la tolère seulement, qu'elle marche en étrangère entre les tombes et que même celle de ses parents a l'air de lui murmurer tout bas dans le cœur : « Va-t'en… Tu n'as rien à faire ici… Pas encore… » Oui, c'est cela : on la tolère parce qu'on l'y attend.

Elle frissonne. Ses doigts torturent la paille du couvre-chef qu'elle a retiré. Machinalement, elle vérifie le col de son chemisier et assagit sa chevelure du plat de la main. Elle réalise alors que Léda a revêtu un long manteau d'été pour cacher ses pantalons et ne pas se montrer provocante dans un lieu où les épouses de Dieu ne revendiquent rien de ce que font les hommes.

Quelques secondes d'attente et la lourde porte s'entrouvre pour les laisser entrer.

C'en est presque magique. La main est invisible, le souffle silencieux. Ici, les portes s'ouvrent toutes seules comme dans les contes de fées. Une petite voix s'élève enfin : « Suivez-moi, s'il vous plaît. Notre Mère est prévenue de votre visite. Elle vous attend dans son bureau. »

Morgane, sans en être consciente, a glissé sa main dans celle de Léda. Elles suivent en silence la petite silhouette noire qu'elles commencent à déceler plus nettement dans la pénombre du couloir. Ici, ça sent l'eau de javel et l'encaustique. Ici, on lave les péchés du monde mais aucun effluve de violette ni de rose n'est perceptible ; le parfum des saints ne parvient pas jusque-là. Ce n'est que l'antichambre du Paradis.

«… Ou de l'enfer », se dit Morgane qui trottine toujours derrière la fée en deuil.

Et pourtant, voilà que fugitivement une trouée brutale de lumière surgit à leur droite.

La religieuse n'en a cure, poursuivant son chemin dans l'ombre froide du couloir, mais Morgane tourne la tête. Entre les colonnes régulières, le cloître déverse la beauté secrète de son jardin de roses.

Ce sera bref. Comme un signe amical. Une promesse. Une invitation à revenir pour y comprendre que l'odeur d'une fleur, la tige gracieuse d'une graminée ou l'appel pressant d'un buisson de citronnelle, ne s'adressent pas qu'aux sens mais parlent d'une vraie parole à l'âme des juifs errants que nous sommes.

- Voilà, c'est ici. Veuillez m'attendre quelques secondes, s'il vous plaît.

La petite silhouette disparaît comme par enchantement, mais Morgane n'a pas le temps d'approfondir l'impression. Une pensée la traverse qui fait sursauter son cœur. « Seigneur, les fraises ! » Ainsi, elle est revenue sur les lieux de son crime. Mais va-t-on la reconnaître ? Mais l'a-t-on seulement vue voler ? Elle ne s'interroge pas davantage car Léda vient de l'introduire dans le bureau de la Supérieure.

Grande et parcheminée, elle s'avance vivement vers Léda dans un bruissement d'étoffe. Un instant, son voile flotte sur ses épaules.

- Léonie-Danièle, ma chère enfant. Quelle joie de te voir ! Que Notre Seigneur et notre mur mitoyen en soient remerciés ! D'ordinaire, les murs séparent, n'est-ce pas ? Celui-là nous réunit...

Son sourire est extraordinairement jeune. Il multiplie les rides de ses joues et ses petits yeux noirs, fortement enfoncés dans leur orbite, luisent comme des grains de café. Léda s'apprête à se pencher sur sa main mais la vieille religieuse l'attire et l'étreint familièrement.

- Pas de façon, pas de façon, Léonie-Danièle. Je te connais depuis le berceau et je sais tout de toi... depuis les pantalons jusqu'à la Panhard qui trouble quelquefois nos offices...

Elle rit.

- Pardon, ma Mère. Vous m'en voyez confuse.

Mais Léda rit aussi au fond des yeux.

- Laissons cela, ma chère enfant. Présente-moi plutôt cette fillette qui t'accompagne et dont le minois éveille bien des souvenirs.

- C'est *sa* fille, ma Mère. Son père récemment disparu m'en a confié la garde.

- Il a bien fait. Il a bien fait. Du reste là où il est, il le sait déjà.

Elle s'est penchée sur l'enfant et longuement s'est mirée dans les yeux violets. Morgane retient son souffle. Ce qu'elle y voit doit lui plaire car elle tapote la joue de la fillette tandis qu'une nouvelle fois toute sa figure se plisse.

- Je suis heureuse de te connaître... ?

- Morgane, ma Mère. Mon prénom, c'est Morgane.

- Eh bien, Morgane, je suis heureuse de faire ta connaissance. Si tu ressembles à ta tante, tu es quelqu'un de bien... Et si tu tiens de ton arrière-grand-père, je ne t'en voudrai pas. Lui et moi, nous avons fait un long bout de chemin ensemble, chacun de notre côté du mur et quoi qu'il en pensait, nous avions une foule de points communs... Le Seigneur en est témoin. La bonté foncière n'a rien à voir avec la religion.

- Je sais, ma Mère.

Morgane prend aussitôt un air contrit. Saura-t-elle jamais apprendre à se taire? Mais la Supérieure n'est pas fâchée. Plutôt amusée au contraire.

- Elle sait ! Elle sait !... C'est très bien, ma chère enfant. Il faut apprendre tôt l'essentiel. Cela fait gagner du temps.

-... et ça économise les larmes, achève Morgane doucement.

- Voyez-vous ça... La vérité sort de la bouche des enfants... Mais c'est une adulte en miniature que tu m'as amenée, Léonie-Danièle !

- Peut-être ma Mère...

- Il faudra qu'un jour tu m'expliques pourquoi elle a grandi si vite. En attendant, Morgane, tu vas suivre Sœur Geneviève jusqu'au potager. Le jardinier s'y trouve. Patiente là. Je dois régler le problème du mur avec ta tante.

- Oui, ma Mère. Prenez tout votre temps.

La Supérieure pousse la fillette vers la porte. Morgane a pourtant le temps d'entendre avant que la porte ne se referme : « Parle-moi un peu de Frédéric, Léonie-Danièle. Comment va-t-il ? Je l'ai entendu jouer ce matin... »

La réponse, elle ne la connaîtra pas.

Sur les talons de Sœur Geneviève, elle se dit seulement que la Mère Supérieure sent la violette et cette qualité morale lui plaît infiniment.

Sœur Geneviève, dont elle n'a jamais vraiment pu distinguer les traits tant elle s'est montrée discrète, l'a conduite jusqu'à une porte lointaine. Mentalement, Morgane essaie de se situer. Elle s'est rapprochée de la Villa Tamaris et c'est donc sans surprise que, débouchant à l'air libre, elle aperçoit au fond, devant elle, le mur sur lequel le matin même elle se tenait.

Elle reconnaît les lieux. Ici, comme de l'autre côté, le jardin est étagé en terrasses mais de façon plus rustique, moins sophistiquée.

Tout en haut, le verger avec ses arbres fruitiers dont certains sont encore en fleurs alors que d'autres, comme les pêchers, portent déjà leurs lampions mûrs. Arbres en fête, ils libèrent au gré du vent le souffle chargé de sucre et de miel échappé des fruits tombés à terre ou blessés par les oiseaux. L'épouvantail en haillons n'épouvante plus guère…

Un peu plus bas, c'est le potager avec pour commencer ses sages rangées de fraises, ses framboisiers, ses groseilliers. Morgane ne s'y attarde pas trop. Elle sait déjà tout de ces senteurs qui hantent le lieu, des fruits tapis sous les feuilles qu'on explore avec excitation, du bonheur de la cueillette minutieuse et du plus grand bonheur encore, celui de l'attente. Celle qui précède le geste de l'ogresse gourmande dont les dents broient avec sensualité la chair juteuse et parfumée.

Plus bas encore, c'est le jardin des légumes. Morgane n'a d'yeux que pour les tomates en guirlandes de grelots, pour les potirons au ventre tendu de tambour, pour les fleurs jaunes des courgettes, ouvertes comme des trompettes d'or. Cela l'amuse d'imaginer qu'elle a devant les yeux un orchestre assoupi. Il suffirait peut-être de claquer des doigts pour que percussions et cuivres s'animent et exécutent ensemble une marche endiablée. Il y aurait de quoi troubler le brave jardinier, coiffé d'un grand chapeau de paille, accroupi entre ses rangs de haricots, son panier à moitié rempli, penché sur sa récolte dans un recueillement de… nonne ! Morgane toussote discrètement.

Il lève la tête, la dévisage sans manifester de surprise.

- Bonjour !

- Bonjour, Monsieur. Belle journée, n'est-ce pas ?

Il hoche la tête en reprenant sa tâche. Morgane le regarde faire avec intérêt et, étrangement, sa dextérité lui en rappelle une autre, de même que ses mains noueuses aux veines saillantes, son visage sans âge buriné par le grand air.

- Vous allez vite !

- Il n'y a pas de temps à perdre ici… Je suis déjà en retard. Il fait trop chaud pour la cueillette mais là, je n'ai pas le choix.

- C'est vous qui vous occupez de tout cela ?

- Oui, jeune fille. Tous les jours, depuis au moins vingt ans. Mais je ne me plains pas, ce jardin, c'est ma vie.

- Je vous crois sans peine. Du reste, il vous le rend bien. Il est magnifique.

Le vieil homme approuve avec satisfaction :

- Les bonnes sœurs me le disent aussi.

- Je connais quelqu'un qui a une passion comme vous… mais pas pour la terre, pour la mer. Il est pêcheur.

- Il en faut aussi, jeune fille. Nous nous complétons.

- Ne serait-ce que pour la bouillabaisse, Monsieur. Morgane éclate de rire. Vous, pour les pommes de terre, lui, pour le poisson.

- Exactement !

Il rit aussi et ce rire imprègne un tremblement convulsif à son échine tandis que son chapeau de paille semble animé d'une mécanique secrète.

- Mon pêcheur à moi, il s'appelle Dieu… Dieudonné Bellon… Vous le connaissez peut-être ?

- Pardi, jeune fille. Dieudonné, c'est mon cousin. Sa mère et la mienne étaient sœurs, mais nous nous voyons peu.

- C'est dommage, non ?

- Sans doute mais je passe mes journées, ici. Le couvent, c'est ma famille. Et il ajoute pour se faire bien comprendre : je suis vieux garçon.

- Ah ! Je vois…

- Lui, il est toujours parti sur l'eau ou bien il vend sa pêche ou bien il règne sur sa famille. Il a cinq enfants !

- C'est un sacré royaume ! commente Morgane, admirative.

- Je vous crois ! D'après ce que je sais, il s'en tire plutôt bien. C'est un bon père.

- Il ne pouvait en être autrement, mon brave Benjamin. Notre Seigneur veille tout particulièrement sur les âmes qui lui ont été consacrées.

Morgane s'est retournée, intriguée.

Bouche bée, elle voit venir vers elle une jeune religieuse à l'allure juvénile, au sourire avenant. Elle porte à son bras un petit panier d'osier. C'est sans façon qu'elle retrousse sa longue robe pour s'asseoir un peu plus loin, entre les fraisiers.

- Voulez-vous m'aider, Mademoiselle… Mademoiselle ?

- Morgane. Je m'appelle Morgane, ma Sœur.

- Eh bien, Morgane, prenez cette rangée. Moi, je prends la suivante. Servez-vous de votre chapeau. Ce sera plus facile.

Et les voilà toutes deux, assises par terre à quelques mètres de distance, en train de détacher délicatement les petits fruits de leur tige. La jeune sœur, sans lever le nez, se met à rire.

- Vous êtes autorisée à en goûter, tout en cueillant. Ce n'est pas interdit. Ça fait le charme de la chose. Évidemment, si vous avez encore faim… et si celles de ce matin vous ont plu…

Morgane s'est figée. Elle se sent rougir jusqu'aux oreilles tandis que les yeux myosotis de la jeune novice entrent dans les siens avec bonhomie.

- Vous m'avez vue... Je... Je... Je suis vraiment confuse.

- Pourquoi ? Les fruits de la terre sont à tout le monde. Ces fraises-là vous étaient destinées mais comme vous ne le saviez pas, vous avez préféré les prendre sans permission. C'est un malentendu.

- C'est du vol !

Morgane ne sait pas pourquoi mais devant sa compréhension, elle a envie de se flageller l'âme pour aiguiser ses remords.

- Un petit larcin sans gravité qui disparaîtra à confesse, ma chère enfant. Ne perdez jamais de vue l'essentiel.

« Elle est adorable », pense Morgane. « On dirait un ange. Jamais, je n'ai vu de visage plus délicat. Sauf peut-être celui de la Madone sur les images pieuses. »

- Je vous remercie pour votre indulgence, ma Sœur. Je crois que j'en croquerai bien quelques-unes encore.

Ce qu'elle fait, imitée en l'instant par l'autre, avec la même mine gourmande.

- Et vous, ma Sœur, en avez-vous le droit à cette heure ?

- Dieu me le donne, Morgane. Dieu me le donne. Son indulgence est illimitée. Je lui fais confiance.

- Quel est votre nom ? Je voudrais bien le connaître car je n'ai encore jamais rencontré de sœur comme vous, qui excuse le vol et néglige le règlement.

Pour toute réponse, la cascade d'un rire irrépressible secoue le voile clair.

- Des petites voleuses qui donnent des leçons de morale, je n'en ai moi non plus jamais rencontrées... Mais je suis enchantée de faire votre connaissance. Vraiment. En toute sincérité. Donnez-moi votre main... Non, essuyez-la d'abord. Elle colle... Bon, c'est mieux. Eh bien, Morgane, moi c'est

Odile… et très bientôt, ce sera définitivement Sœur Marie-Odile.

Elles se serrent la main gravement par-dessus les fraisiers. La religieuse ajoute alors avec douceur :

- Ce geste, je voulais l'échanger avec vous depuis ce matin… Et savez-vous pourquoi ? Vous sautez les murs avec la même grâce que ma plus jeune sœur.

Bien plus tard, Morgane devait se souvenir de ce moment magique où, accroupie dans les fraisiers, elle partagea avec une inconnue dont elle ne savait que le prénom « les fruits de la terre ». Il n'avait en soi rien d'exceptionnel mais il fut posé là, dans cet après-midi sans lendemain, comme un papillon sur une goutte de rosée. Fragile et paré des couleurs de la vie, il se suffit à lui-même, le temps d'une visite.

Devant le visage angélique de Sœur Marie-Odile, toutes les questions et les doutes s'abolissaient. Les siens et ceux qu'elle lui prêtait. Les propos des trois vieilles bigotes prirent soudain la forme de commérages sans intérêt… « Une vocation forcée », avaient-elles osé dire… Mais rien dans le comportement de la novice, cet après-midi-là, ne put leur donner raison. La question ne se posait pas. Pour Morgane, il était clair que si quelqu'un était à sa place, dans sa tête et ses petits souliers, c'était bien Sœur Marie-Odile à qui tout un jardin faisait fête.

Et si, un instant, elle vit le beau visage se troubler, s'émouvoir, elle n'y vit encore une fois que le signe de sa parfaite symbiose avec le monde. Le vent qui s'était levé apportait jusqu'à elles la mélodie jouée par Frédéric. Elles la respirèrent ensemble dans l'haleine des pêches et le parfum des fraises. Muettes, les yeux dans les yeux, elles signèrent l'accord tacite de leur amitié toute neuve.

- Frédéric est un magicien, déclara Morgane avec conviction. Il a le pouvoir de guérir les âmes.

La novice approuva en silence. Puis, elle se leva, lissa sa robe un peu froissée, mit de l'ordre dans sa coiffe. Un nuage de tristesse assombrit son front quand elle répondit à l'enfant qu'elle aida à se redresser :

- Sans doute, Morgane, c'est une évidence. Mais pas la sienne...

Quand elle rejoignit enfin Léda et qu'elles regagnèrent la Panhard autour de laquelle quelques gamins délurés s'étaient rassemblés, Morgane eut le sentiment d'avoir changé de monde.

Ici, on adorait les idoles; le temps se concentrait sur la minute présente. Léda n'eut même pas besoin de taper dans ses mains pour faire envoler la nuée des enfants curieux. La présence d'une femme au volant les avait rendus muets, et c'est presque respectueusement qu'ils s'écartèrent pour la laisser accomplir sa manœuvre.

Durant le trajet, il ne leur fut pas permis d'échanger une parole. Le moteur, trop bruyant, aurait couvert leurs voix. Léda, du reste, se livrait tout entière au plaisir de la conduite. Un petit sourire était né sur ses lèvres dans le premier kilomètre longeant la baie. Il y était resté jusqu'au moment où les routes de campagne exigèrent d'elle une plus grande dextérité. La conductrice prit alors une expression concentrée et s'appliqua à faire de l'itinéraire autre chose qu'un pari dangereux, qu'un corps à corps hasardeux entre une femme aventureuse et un monstre d'acier rebelle aux ornières et chemins trop étroits.

Morgane ne pensait à rien. Elle jouissait seulement du vent sur sa figure et du plaisir procuré par les gifles de sa chevelure contre ses joues, ses épaules, son dos. Toute sa vie physique et intérieure s'était rassemblée sous ses paupières qu'elle tenait closes avec ravissement. De temps en temps, elle ouvrait les yeux pour prendre conscience des paysages qui se mouvaient de part et d'autre de la voiture. Elle n'avait pas vraiment le temps d'en recueillir les détails. C'était bien trop fugace ! Elle ne se rendit même pas compte quand la mer disparut tout à fait à un détour de la route, ni même quand les pins maritimes cédèrent la place aux oliviers. Cela se fit insensiblement. Les villages s'espacèrent. Les maisons s'espacèrent. Les champs s'espacèrent. Un temps, il n'y eut plus que cette voiture entre deux versants couverts d'une nature exubérante et sauvage où buissons et arbustes en fleurs exhalaient des senteurs qu'elle n'avait pas le temps de reconnaître mais qui l'étourdissaient comme un parfum capiteux.

Enfin se déroula le tapis des vignobles qui brodait de ses motifs réguliers les pieds de la colline où se dressait le village médiéval. Les vieilles pierres, bâties comme par miracle sur les coteaux abrupts, se mariaient aux branches des figuiers, des mûriers et certaines terrasses aux ombres mystérieuses croulaient tout doucement sous le poids de leur treille, de leurs rosiers en fleurs. Morgane entrevoyait les petites rues tortueuses et montantes. Léda, quelques secondes, arrêta la voiture, fit taire le moteur. Ici, une arche inondée de soleil cachait jalousement le secret de son antre. Là, une fontaine invisible - peut-être un vieux lavoir - faisait entendre le roucoulement de son jet d'eau que taquinaient des mains d'enfants.

La voiture ne poursuivit pas sur la route menant jusqu'au village. Elle bifurqua avant, sur la droite, emprunta un chemin entre deux champs de vignes. De loin en loin, de petits cabanons s'endormaient à l'ombre de leur arbre unique, sentinelles perdues au milieu d'une armée gigantesque et bien sage.

La Panhard s'immobilisa dans la cour d'une ferme. Quand le moteur se tut, Morgane eut l'impression d'abord d'être devenue sourde, puis la rumeur assourdissante des cigales recouvrit tout : l'aboiement d'un chien, le caquetage des poules, le ronflement plus lointain d'une voiture.

Léda, en un tour de main, avait sauté au bas du véhicule, retiré ses lunettes, libéré d'un coup sec sa chevelure de sa gaine de cuir. Elle secouait en riant la poussière de ses vêtements tandis que des yeux, déjà, elle cherchait celui qui devait guetter son arrivée.

Morgane se montra moins prompte. Toujours assise à sa place, elle jeta un regard circulaire autour d'elle. Ainsi, c'était cela qu'on appelait un mas. Trapu, inondé de soleil, il faisait partie intégrante de la terre sur laquelle il était bâti ; il en était le prolongement, l'emblème, la parure. Ses fenêtres avares, sa porte discrète, son toit sans ouverture racontaient au visiteur des histoires pudiques de gens cachés dans la fraîcheur des murs épais. Il était fait pour résister au soleil, à la chaleur, fait pour recueillir en une saison plus clémente les fruits de la terre, façonnés par la fournaise de l'été.

Tout près de lui, le couvrant à demi de ses branches tentaculaires, un platane centenaire projetait sur le sol sa couronne d'ombrage. Dieu tutélaire, il s'étendait sur la terrasse aux dalles disjointes sur lesquelles couraient de jeunes lézards pleins de hardiesse. Une vieille table en ciment sculptée trônait au centre ; ses quatre chaises, négligemment rangées en cercle, semblaient attendre l'arrivée d'hôtes longtemps désirés. Morgane eut le sentiment qu'elle pouvait être l'un d'eux et, du coup, ce lieu qu'elle découvrait lui parut étonnamment familier. Sur le rebord d'une fenêtre, dans une jardinière vide, dormait un chat persan.

L'enfant sourit. Elle se tourna vers Léda, qui avait posé tout son attirail de pilote sur la table.

- Et la lavande ? Où est-elle ?

- Attends de faire le tour complet du mas. Elle s'étend derrière. Tu verras, c'est comme une mer violette.

Décidément, même au cœur des vignes, elle la retrouvait encore, son amie du matin. Sa complice rebelle qui se donnait là où on ne l'attendait plus. Morgane se mit à rire.

- Une mer, soit… Mais ne me dis pas que des bateaux y voguent…

- Peut-être pas des bateaux, mais quelques beaux oiseaux de proie…

- David ! Je me demandais où tu étais passé !

Morgane se retourna. Un grand jeune homme brun, en maillot de corps, venait d'apparaître sur le seuil de la maison. On voyait qu'il venait de se plonger dans l'eau car sa tête bouclée, ses épaules, brillaient de gouttes. C'était un bel athlète, à la musculature raffinée de danseur. Sa peau bronzée faisait ressortir l'éclat de ses dents blanches et ses yeux mordorés. Il tenait encore une serviette à la main. Il enfouit son visage dedans et s'essuya vigoureusement en marmonnant :

- Maria a préparé de la citronnade. Asseyez-vous donc. Il fait tellement chaud !

Enfin, il émergea de son linge. Ses yeux semblaient comme lavés. Morgane se dit alors qu'il ressemblait au chat dans la jardinière. Réveillée, la bête s'étirait paresseusement en bâillant, montrant son palais rose, tandis que se plissaient avec satisfaction deux fentes criblées d'or.

- Alors, c'est toi la gamine pour qui Léda a disparu si longtemps de mon paysage ?

Morgane se hérissa.

- C'est un reproche ?

Il éclata de rire. Du même rire carnassier que Léda.

- Pas du tout ! C'est seulement pour te dire sans détour combien je suis attaché à Léda et que je suis terriblement jaloux.

Plaisantait-il ? Un peu désorientée, Morgane essayait de percer le mystère de ses yeux d'or. En vain.

- Ne lui porte pas cas, ma petite louve, dit alors Léda. Monsieur cultive avec le même bonheur les vignes et la provocation.

- Et sans mentir, mon vin est bon !

- Eh bien alors, Monsieur-je-ne-sais-pas-qui, c'est votre provocation qui a un goût de piquette !

Un instant, David écarquilla les yeux puis, dans un nouvel éclat de rire, il s'empara des épaules de la fillette et plaqua deux baisers sonores sur ses joues.

- Bon sang, Morgane, tu me plais ! Tu es bien la nièce de ta tante ! Et pour faire passer la piquette, David Barrière lui-même va servir la citronnade à sa nouvelle conquête.

Il disparut derrière les billes de buis du rideau.

Léda s'assit avec un soupir de satisfaction, étendit ses longues jambes devant elle, laissant tomber de part et d'autre de son corps ses bras ballants en signe d'abandon.

- Comment le trouves-tu ?

- Qui ?

- Eh bien, David...

- Je ne sais pas.

- Comment ça ?

- Je ne le connais pas. On a échangé trois phrases.

- Tu m'étonnes... Je croyais que tu jugeais vite... Frédéric, Rebecca, le pêcheur... Dieu comment déjà ?

- Pourquoi est-ce que tu me taquines ?

- Parce qu'elle t'aime, pardi !

David venait de surgir avec la discrétion d'un félin sur son territoire de chasse.

Il servit les boissons avec application sans plus ajouter un mot. Ils burent en silence.

- Maria n'est pas là ? demanda enfin Léda.

- Au village. Chez la couturière.

David n'en dit pas davantage. Son visage avait pris une expression morose.

- Quelque chose ne va pas ?

Morgane nota, les yeux rivés sur sa tranche de citron, l'inquiétude dans la voix de Léda.

David prit son temps avant de répondre.

- J'ai reçu ma feuille de route, ce matin.

- Mon Dieu, déjà ?

Morgane leva le nez. Léda posait un regard ardent sur le visage du jeune homme.

- Eh oui... déjà... On s'y attendait, n'est-ce pas ?

- Quand pars-tu ?

Les mains de Léda tremblaient sur le verre.

- La semaine prochaine...

De nouveau, le silence. Brusquement, le poing de David s'abattit sur la table qui ne broncha pas. Il ne réussit qu'à se meurtrir. Tout en massant sa main, il ajouta entre ses dents serrées :

- Trois ans, Léda, trois ans... Tu te rends compte ! Il a fallu qu'ils votent ça l'année dernière, pour leur fichue politique ! Trois ans de ma vie qui vont partir en fumée, Léda.

-... de notre vie, David, corrigea la jeune femme.

- Oui, de notre vie. Trois ans sous les drapeaux pour mériter de la Patrie.

- Calme-toi, David. Je t'attendrai...

- Mais, Léda, ouvre les yeux. Personne ne peut dire quand je reviendrai, ni les autres avec moi. L'été 1914 vient de commencer, Léda, mais peut-être qu'il n'aura pas de fin.

- Qu'est-ce que tu veux dire ?

- Que le temps va s'arrêter, Léda. Je le sens.

- Tais-toi ! Pour l'amour du Ciel, tais-toi !

Léda s'était levée. Elle était passée derrière la chaise de David. Ses bras avaient amoureusement entouré les épaules brunes. Sa tête s'était penchée vers le visage que l'abattement rendait impénétrable. Elle prit sa bouche et ne la quitta plus.

Morgane les regardait faire avec fascination. Ce baiser la bouleversait jusqu'au plus profond de son être. David répondait avec voracité aux avances de Léda et Morgane ne savait plus ce qui l'émouvait le plus de cette tendre violence qu'il exerçait sur elle ou de cette larme fixée sur la joue de Léda, large comme une perle de pluie, et qui ne tombait pas.

Elle préféra quitter la place.
Chercher les lavandes pour échapper à l'été 1914.
Chercher la mer violette pour conjurer la mort.

Morgane, son chapeau de paille sagement sur la tête, entra en riant dans la mer violette, sautant par-dessus la lavande, effarouchant les abeilles et les papillons-nains. Elle foula les épis dorés ou bleus en liberté, arrachés à la pesanteur, aux tiges toutes droites dans la lumière. Collants d'une sueur forte. Odorante. Qui donnait le vertige.

Délicieux mal au cœur de l'été…

Elle sautait par-dessus les vagues, enjambait les sillons dans le déploiement de ses jupes et son chapeau de paille, autour de son minois bruni, était comme un soleil roulant sur lui-même, un astre animé de lumière intérieure, diffusée par les yeux lilas devenus lavande à leur tour dans cette course folle, goulûment.

Elle se sentait parfois les mollets battus par leurs petites têtes pointues, et chaque bousculade mêlait à la sensation du contact râpeux un effluve parfumé qui se lovait autour d'elle comme un nuage.

Son rire se perdait en d'autres rires.

Rires des oliviers figés, englués de lumière comme d'une coulée de miel.

Rires de leurs cigales sculptées dans leurs écorces aux entrailles chantantes. Éphémères paroles de l'été qui porte son mystère et le tue.

Rires de l'horizon, des monts évanescents dans les vapeurs brûlantes de l'air. Bouches ensorcelantes de la fournaise ouverte. En feu.

Rires du ciel.

Rire grand. Épais comme un drap de silence qu'on déchire avant l'amour.

Rire du sang au cœur, aux tempes, au ventre.

Abattue sur la terre, couchée entre les sillons bleus, dans la limpidité de cet instant d'été, Morgane, haletante et ravie, mordillait des épis.

Le ciel pesait sur elle de tout son poids.

Alors seulement il lui sembla qu'elle était vivante.

Elle mourait de soif. Elle décida de rentrer.

Sur la terrasse ne restait plus que le chat. Il avait quitté sa jardinière pour la table sur laquelle il s'étendait de tout son long, complaisamment. Elle préféra ne pas le déranger alors que l'envie était forte de passer la main dans l'angora soyeux. Il lui jeta un regard dédaigneux et une fois de plus elle admira les iris d'or qui se fermèrent avec langueur comme pour mieux signifier le désintérêt dont elle était l'objet.

Elle franchit le seuil. Les billes de buis tintèrent à peine. Personne non plus dans la cuisine. Seuls, le tic-tac de la pendule murale et quelques bourdonnements de mouches emmuraient le silence de cet après-midi d'été. La chaleur lourde ne franchissait pas l'épaisseur des murs mais elle y imprégnait une pesanteur qui s'inscrivait dans cette absence de bruits familiers dont une maison habituellement regorge.

Morgane se tint hésitante au milieu de la pièce. Vers quelle porte diriger ses pas pour retrouver les autres ? Du reste, étaient-ils partis ? Étaient-ils restés ? Elle avait du mal encore à mesurer le poids de cette vérité : Léda était amoureuse. Amoureuse d'un homme qui allait la quitter. Pour des années. Léda était fragile. Fragile au point de trembler. De pleurer. De se laisser embrasser avec cette avidité brutale…

La force de Léda, cet après-midi-là, l'avait abandonnée. Morgane le craignait. Sa déception était immense. Autant que son chagrin, né de la compassion.

Mais que pouvait-on y faire ?

Elle tressaillit. Un gémissement étouffé parut venir du plafond. Elle s'avança, intriguée vers la cage d'escalier, tendit l'oreille. Comme elle crut avoir rêvé, elle décida d'en avoir le cœur net et grimpa résolument les marches. Devant elle une porte était entrebâillée sur la pénombre.

Le souffle retenu, elle poussa légèrement la porte. Ce qu'elle vit alors l'obligea sur le moment à reculer instinctivement mais une curiosité, proche de la fascination, attirait son regard dans la pièce mi-close. Comme un aimant.

La fenêtre fermée laissait passer le jour par les persiennes à claire-voie. La poussière dansait dans un rayon de lumière et ce rayon jouait à cache-cache sur le corps nu de Léda. Il bougeait en cadence sur ses reins cambrés, ses fesses pleines, coulait sur son dos luisant de sueur comme un serpent lascif. Ses cheveux dénoués balayaient en de gracieux mouvements ses épaules ployées sur l'homme qu'elle chevauchait. Cavale superbe, elle manifestait sans pudeur l'envie qu'elle avait de ce bel animal, condamné à disparaître peut-être dans un champ de ruines. Elle mettait tout son cœur à l'étreindre entre ses cuisses dures, à malaxer de ses doigts belliqueux le torse offert, à se creuser toute pour mieux l'accueillir dans son ventre brûlant.

Brusquement, Morgane la vit basculer sur le côté, dans un petit rire. En un éclair, lorsqu'elle se retourna pour s'étendre sur le dos, Morgane découvrit ses seins. Lourds. Gonflés. Brodés d'un calice violet dont une bouche avide s'empara. Puis, d'un geste impérieux, l'homme attira le corps de Léda vers le rebord du lit. Il se mit lui-même à genoux devant elle et d'un mouvement ample qui fit sursauter l'enfant, il lui écarta les jambes. Morgane, le cœur battant à tout rompre, vit s'offrir entre les cuisses blanches une fleur brune inquiétante. Mais la tête de David s'interposa. Les jambes de Léda se replièrent, s'ouvrirent davantage encore pendant que ses mains empoignaient la chevelure bouclée de son amant. Et, tandis qu'il la mangeait, elle gémissait doucement.

Morgane attendit que la frénésie eût atteint son comble. Elle recueillit aussi dans sa mémoire le cri de désir. Écouta les sanglots de la voix : « Je ne veux pas que tu partes. Je ne veux pas que tu partes. Je t'aime… »

Puis Léda se tut, morte du plaisir enfin atteint.

Morgane prit la peine de refermer la porte avant de redescendre l'escalier.

Elle n'avait rien appris.

Il lui semblait que cette science de l'amour, elle la portait en elle depuis la nuit des temps et qu'un jour viendrait - lointain, mais sûr - où elle l'exercerait à son tour avec toute sa volonté. Son enthousiasme. Rien ne l'avait choquée. Léda était trop belle. Et son amour trop réel pour que s'y glisse l'ombre d'une répulsion. Morgane avait seulement assisté, en témoin, en spectatrice émue, à la répétition générale qui préside à la Vie. Et le spectacle de cette femme ouverte pour cet homme qui pensait ne jamais revenir était un cadeau tellement somptueux que Morgane, bien qu'elle n'en eût reçu qu'une part clandestine, n'en ressentait aucune gêne, aucune culpabilité. Un peu comme si, dans la lumière affaiblie de cette chambre close, elle avait deviné que chaque femme surprise à bien faire l'amour devient une œuvre d'art offerte à qui la regarde.

Si on lui avait parlé de voyeurisme, Morgane n'aurait pas compris. Observer Léda gémir les jambes ouvertes, c'était la même chose pour elle que de s'attarder un instant sur la rose que la cétoine force. Lutte mystérieuse où deux corps consentants acceptent de s'entr'aimer. Jusqu'à la souffrance. Pour que perdure l'avenir. Et, avec lui, ce dérisoire espoir.

Lorsque Léda parut sur la terrasse une demi-heure plus tard, fraîche bien qu'un peu pâle, Morgane dormait, la tête entre ses bras appuyés sur la table. Léda lui caressa les cheveux pour l'éveiller doucement.

- Tu fais la sieste, ma petite louve ?

Morgane émergea de ses songes, les yeux encore noyés.

- Je t'attendais. Et puis je ne sais pas, je me suis endormie.

- À quoi ressemblent les rêves à trois heures de l'après-midi ?

« À un homme qui aime une femme », eut envie de répondre Morgane mais elle savait qu'elle n'en avait pas le droit. Alors elle dit simplement :

- À une chevauchée fantastique sur la mer violette.

Léda sourit.

- Tu y es allée, alors ?

- Oui, c'était sublime... D'ailleurs, j'aimerais bien revenir ici.

- Ah oui ? Et pourquoi ?

Morgane mit toute sa malice dans le regard qu'elle coula vers Léda :

- Pour apprivoiser le chat. Et elle ajouta, câline : je n'aime pas qu'on me résiste.

David sortit à son tour. Il avait passé une chemise, discipliné sa chevelure :

- Cela, ma petite Morgane, nous l'avions tous compris... Maintenant, je vous laisse. Je vais m'occuper de la lavande de Victoire. J'ai prévu aussi quelques bonnes bouteilles. Rejoignez-moi à la voiture.

Léda le regarda s'éloigner avec tendresse.

- Maman n'a jamais aimé papa comme tu aimes David, murmura Morgane avec gravité.

Léda s'assit près de sa nièce, lui prit la main.

- Pourquoi dis-tu une chose pareille ?

- Parce que c'est vrai... J'étais petite sans doute mais j'ai assez de mémoire pour me rappeler que jamais maman n'a eu de tels regards pour papa. Elle semblait tellement indifférente à tout ! C'était sa maladie, l'indifférence...

- Mais tu étais sa petite fille chérie. De cela tu te souviens quand même !

- Je ne sais pas. Je l'ai si peu connue. J'ai l'impression que lorsque les autres m'en parlent, elle me devient étrangère, que mes propres souvenirs se font fragiles. Presque des mensonges.

Léda demanda doucement :

- Physiquement, tu la revois ?

- Je conserve une vieille photographie d'elle, mais sans couleurs, tu sais… J'ai du mal à me l'imaginer, à me la figurer vivante si tu préfères… Il n'y a que ses cheveux noirs qui soient réels.

- Je comprends.

- Papa me disait tout le temps que j'avais ses yeux, que je lui ressemblais. Il ajoutait même : à ce point, tu n'en as pas le droit ! Mais que pouvais-je y faire, pas vrai ?

- Bien sûr, dit Léda, et la douceur de son regard combla l'enfant de contentement.

Elle s'enhardit jusqu'à la confidence :

- Je crois que papa ne m'aimait pas.

Léda en fut abasourdie. C'était dit sans révolte. Simplement. Morgane énonçait une vérité qu'on ne discutait pas. Pire, elle l'acceptait comme dans l'ordre des choses.

- Maman est devenue indifférente à ma naissance. Avant elle allait bien, j'en suis sûre. Après, elle s'est retirée dans son monde et n'en est plus sortie. Personne n'a jamais dit qu'elle était folle mais papa le pensait. Et mes nurses aussi.

- Morgane !

- C'est la vérité, Léda. Ne te fâche pas. Seulement, je ne comprends pas pourquoi elle est tombée malade quand je suis née.

- Tu te trompes, Morgane. Si ta maman est tombée malade, c'était certainement pour des raisons qui t'échappent. Tu n'as pas à te sentir coupable.

- Alors, pourquoi papa a-t-il dit un jour à Miss Richards, quand il ne savait pas que j'écoutais : « Tout aurait été si différent, s'il n'y avait pas eu cette enfant » ?

- Chérie ! Viens contre moi !

Léda ouvrit les bras. Morgane s'y blottit en soupirant.

Tandis que Léda caressait ses cheveux, elle respirait à petits coups. Les yeux grands ouverts mais tellement secs, tellement froids qu'il valait mieux ne pas les voir.

Au moment de reprendre la route, Léda dut accepter en plus de la lavande et des bouteilles, les premières cerises. Gentiment, David en pendit aux oreilles de Morgane et lui posa sur les genoux un petit panier plein à ras bord.

- Tiens, c'est pour toi, Perséphone...

Elle le remercia d'un sourire. Alors il ajouta, taquin :

- Tu ne me demandes pas qui est Perséphone ?

- Si vous le savez, je peux bien le savoir aussi. Non ?

David fit le tour de la voiture en riant :

- Léda, ta nièce est impossible !

- Pas du tout ! Elle est, tout simplement.

Elle tendit ses lèvres au jeune homme qui les effleura.

- Il faut y aller maintenant. J'essaierai de passer à la Villa avant mon départ.

Léda hocha la tête sans pouvoir répondre, cachée derrière ses lunettes. David, avant de se reculer, caressa la petite tête dans son bonnet de cuir et ce geste manifestait tant de sincère tendresse que Morgane fut sur le point de lui avouer que Perséphone n'était pour elle qu'une illustre inconnue.

VI

Léda l'avait laissée pour prendre un bain. Elle n'avait pas revu Victoire, sortie faire quelque course. Quant à Frédéric et Rebecca, ils s'étaient séparés pour aller se reposer un peu.

Morgane savait déjà par Léda que Rebecca avait été invitée à demeurer quelques jours à la Villa Tamaris. Elle avait été surprise de constater que la nouvelle l'avait laissée indifférente comme si les choses avaient changé depuis sa visite au Castellet.

Elle n'avait pas éprouvé la moindre jalousie lorsque, écoutant aux portes sans vergogne, elle avait surpris la voix animée de Rebecca s'adressant à Frédéric :

- Il est merveilleux, vraiment, Monsieur Dampierre que vous viviez à Paris. Vous côtoyez des gens hors du commun ! Que vous ayez rencontré Diaghilev et Nijinski, il y a deux ans, pour la création de « L'après-midi d'un Faune », me paraît, je vous l'assure, magique. La danse, quelle que soit la forme qu'elle prenne, m'a toujours fascinée. Par exemple, ne trouvez-vous pas extraordinaire de voir évoluer ces danseuses indiennes aux gestes mesurés ? Chacune d'elles semble avoir apprivoisé son corps…

« La sotte », pensa Morgane, « ...voir évoluer… Dire ça à Frédéric… »

Mais Frédéric, déjà, répondait :

- En effet, mais ce sont le plus souvent des danses sacrées… La danse de Nijinski a provoqué, vous le savez, un scandale…

-…Comme chaque fois qu'un artiste innove, achevait Rebecca. Il faut du temps aux gens, que leur œil s'habitue à de nouveaux spectacles…

« Encore ! » se dit Morgane. « Peut-on être gaffeuse à ce point ? »

- Vous avez raison, Madame Vincent. Le propre de l'art, c'est souvent de déranger.

- Et Isadora Duncan, l'avez-vous rencontrée ?

- Une seule fois, lors d'une réception chez des amis communs. Elle m'a été présentée. Sa démarche est des plus personnelles. Elle expliquait qu'elle se sert de la pesanteur au lieu de lutter contre elle.

- J'ai lu dans les journaux le terrible malheur qui l'a frappée, l'année dernière. La voiture transportant ses deux enfants est tombée dans la Seine et ils se sont noyés.

- C'est exact…

Morgane n'entendit pas la suite. Elle en avait assez.

Brusquement ces propos sur la danse lui paraissaient anodins, le sujet dérisoire. Elle en voulait un peu à Frédéric d'accepter le rôle du causeur mondain alors que des individus comme David étaient appelés trois ans sous les drapeaux, spoliés de leur vie sans espérer le moindre recours. Puis elle se gourmanda. Elle était sûre que Frédéric aurait donné des années de son existence pour être reconnu apte au service. Et y voir.

C'était Rebecca qui l'avait entraîné sur ce terrain et il s'était montré poli, voilà tout.

Frédéric n'avait rien de vain ni de superficiel. Au contraire ! Quelque part, il était tragique. Une seconde, elle essaya d'imaginer Léda dans les bras de l'artiste mais ce n'était pas possible. Toujours le visage de David rendait flous les traits de Frédéric. Il était à jamais dans sa mémoire l'amant de Léda, l'amant au corps bronzé, aux muscles lisses… et s'il devait être question de danse, ce ne pouvait être que celle de l'amour, au cœur des draps défaits, dans la moiteur de l'après-midi, qui pût revêtir un sens, une dimension. Une réalité.

Elle gagna en courant la chambre à l'œil de bœuf, se jeta sur son lit avec un dictionnaire, pressée soudain de savoir si la vie pouvait être un euphémisme, si quelques hommes pouvaient se voir privés de leur destin par la faute d'une chute stupide... Et plus elle réfléchissait, plus elle se disait que ce n'était pas possible. Qu'il y avait autre chose et que, par conséquent, Victoire lui avait menti.

Elle chercha rapidement le terme « euphémisme », fut déçue de n'y déceler qu'une signification d'ordre stylistique, sans rapport avec les connotations philosophico-dramatiques dont son imagination, sa sensibilité l'avaient paré. La vie de Frédéric n'avait rien d'un adoucissement.

C'était même tout le contraire. C'était sa cécité qui était crue. Choquante.

Elle préféra découvrir en quoi elle pouvait ressembler à Perséphone.

Elle ne s'était pas plus tôt penchée sur l'article qu'on frappa à la porte. Presque aussitôt, Victoire fit son apparition. Elle venait de rentrer sans doute parce qu'elle portait encore son chapeau et son sac. Elle n'avait plus du tout l'air fâchée. Elle souriait même, un peu essoufflée par la montée des marches. Elle tendit une lettre à Morgane qui s'était redressée.

- Tiens, mon poulet, voilà une lettre que j'aurais dû te remettre dès ton retour du marché, mais avec toutes ces émotions, et la bouillabaisse, j'ai oublié de le faire.

Morgane prit la lettre en silence.

- Et puis, quand tu l'auras lue, je voudrais que tu descendes à la cuisine. J'ai un petit service à te demander.

Elle sortit.

Sans l'embrasser.

Avec un soupir, Morgane retrouva son lit. Elle s'y installa comme un fakir sur son tapis et examina la lettre de plus près. Elle venait de Casablanca. Elle lut l'adresse tracée d'une main un peu enfantine : « Mademoiselle Morgane Chevalier, chez Mademoiselle Léonie - Danièle Chabrier, Villa Tamaris, Corniche de Tamaris, La-Seyne-sur-Mer. France ». Elle avait été postée peu de temps après son départ et n'arrivait qu'aujourd'hui. Elle la décacheta avec un peu d'impatience. Nora lui écrivait comme elle le lui avait promis.

Morgane, ma loute,

Tu vois, je tiens ma promesse. Sans mal. Tu n'es partie que depuis hier et tu me manques déjà. Ici, au lycée, les filles t'envient : tu échappes à la distribution des prix. Mais ne t'inquiète pas à ce propos. J'ai vu Mademoiselle Delanoé ; elle m'a dit qu'elle me remettrait ton premier prix de rédaction. Je te le ferai parvenir sans tarder. Tu te rappelles quand, un jour en classe, elle nous a parlé de Victor Hugo et de ses ambitions : "Je veux être Chateaubriand ou rien" ? Elle s'est tournée vers chacune de nous, nous a demandé : "Et vous, que voulez-vous être plus tard ?" Et toi, quand ton tour est venu, tu as dit : "Moi, je veux être Morgane, seulement Morgane." "Mais encore ?" a-t-elle insisté. Et toi de lui répondre : "Je veux être Morgane Chabrier - du nom de ma mère - un grand écrivain."

Toute la classe a ri mais je me souviens de son sourire. Elle te croyait sur parole. Comme moi. À la maison, ma mère est toujours aussi pénible. Elle ne veut pas en démordre : elle veut faire de moi une jeune fille accomplie. Les cours de danse et de maintien m'assomment.

Heureusement que j'ai Polka, ma jument, pour m'en remettre. Je vois très peu papa. Mais tu connais cela. Un militaire épouse l'armée, pas sa famille. Il ne jure que par Monsieur Lyautey. Selon lui, avec un homme de son envergure, le protectorat entre dans son âge d'or. Ah! La politique...

Mais parle-moi de toi. Comment t'entends-tu avec ta tante? Je ne l'ai vue qu'une fois, la veille de votre départ, mais je l'ai trouvée "subjuguante" (tant pis pour le barbarisme et Mademoiselle Delanoé). C'est le genre de femme auquel je voudrais ressembler plus tard. Et la Villa? Est-elle aussi belle qu'on te l'avait décrite? Pour le climat, tu ne dois pas être dépaysée.

Écris-moi le plus vite possible, ma loute. Tu me manques à un point inimaginable. Plus de fous rires, de portraits-charges en quatre coups de crayon... Plus de poèmes à lire en secret... Vraiment, Morgane, la vie est bien difficile.

Je t'embrasse fougueusement.

Ton amie dévouée, Nora...

Morgane replia la lettre en souriant.

Adorable Nora qui se faisait tellement présente en cet instant qu'elle aurait pu sentir son parfum de vanille ici même, dans sa chambre, si loin de Casablanca. Elle eut envie de lui répondre sans tarder. Elle avait tant de choses à lui raconter mais elle savait déjà qu'elle ne dirait pas un mot de Frédéric. Elle se souvint alors des paroles de Victoire : elle était attendue à la cuisine.

Elle posa la lettre sur son petit bureau, près du dictionnaire, remettant aussi à plus tard sa recherche sur Perséphone. Descendit.

Tout était étrangement silencieux. Rien ne filtrait de l'étage des chambres. Léda avait déserté la salle de bain. L'été, aux heures chaudes, les maisons du sud semblent peuplées de fantômes. Morgane se surprenait presque à marcher sur la pointe des pieds. Dans le salon, le piano aussi faisait la sieste. Quand elle entra dans la cuisine, elle s'attendait presque à voir les marmitons espiègles de « La Belle au Bois Dormant » se saisir aux cheveux avant de se figer pour cent ans auprès du tournebroche mais il n'y avait que Victoire, assise devant la table, qui pelait des fruits pour la tarte du soir.

Elle demanda timidement :

- As-tu remarqué le panier de cerises sur le buffet ?

- Oui, je le présenterai ce soir avec la tarte.

- C'est David Barrière qui nous l'a remis.

- Je sais.

- Tu voulais me parler, Victoire.

La vieille dame releva enfin la tête.

- Oui, te demander un service plutôt. Te sens-tu de marcher jusqu'à Mer Vive ? Il fait encore chaud.

- Naturellement.

- J'avais pensé demander à Léda, mais elle a l'air tellement contrariée, préoccupée.

- David Barrière part au service militaire pour trois ans !

- Il fallait s'y attendre. Il a l'âge et son oncle, bien que handicapé de la jambe, peut gérer le domaine en son absence. Oui, il fallait s'y attendre.

- Crois-tu qu'ils se marieront à son retour ?

- Qui peut le dire ? Trois ans, c'est long, si ça ne dure pas davantage...

Victoire avait fini de peler ses pommes. Maintenant elle en faisait des quartiers qu'elle disposait concentriquement sur la pâte.

Morgane ne demanda pas pourquoi « ça » pouvait durer davantage. Depuis sa visite au Castellet, son instinct lui disait de ne pas creuser la question sous peine de provoquer des drames.

- Quel est ce service à te rendre ?

- Je voudrais que tu portes ces livres et cette nappe chez les sœurs Taillefer. Ce sont trois vieilles dames. Elles habitent avenue Cléry, au 34. Tu pourras ?

- Je crois avoir fait leur connaissance ce matin, au marché. Ce sont tes amies ?

Morgane avait l'air si surprise que Victoire éclata de rire.

- Des relations plutôt et je te rassure. Leurs lectures ne sont pas les miennes Elle jeta un coup d'œil sur le petit paquet de livres ficelés. « Introduction à la vie dévote » de saint François de Sales… Non ! Vraiment ! Je préfère Pierre Loti. Disons que je sers de lien aujourd'hui entre elles trois et la malade que je suis allée visiter cet après-midi.

- Ah ! bon… tu me rassures.

Victoire eut à nouveau un petit rire.

Elle essuya ses mains au tablier blanc qui ne la quittait presque jamais.

- Allez ! Viens m'embrasser, mon trésor.

Morgane se précipita contre la large poitrine et étreignit les épaules de la vieille dame avec fougue.

- Je voudrais que tu sois fière de moi, Victoire !

- Mais je le suis, ma petite fille, n'en doute pas. Tu es un bon petit diable !

Elle l'écarta d'elle puis après une pichenette au menton, elle lui tendit les deux paquets.

- Allez va ! Et ne joue pas les Petits Chaperons Rouges !

Morgane disparut en un clin d'œil non sans avoir clamé bien fort :

- Aucun loup ne me fait peur !

Sur la plage de Mer Vive, Morgane s'attarda un instant à regarder s'ébattre les bambins en costume marin. Ils se poursuivaient en riant sous le regard indulgent de leurs mères, abritées par leurs ombrelles. Quelques matelots faisaient les cent pas sur le sable. De temps à autre, une naïade en costume de bain émergeant de sa cabine, jetait le trouble autour d'elle. Elle ne regarda pas la mer, consciente qu'à cette heure elle n'était que le grand étang où barboter. Elle poursuivit son chemin jusqu'à la perdre de vue. Droit devant elle, coupant sa route, l'avenue Cléry et son cortège de platanes. Avant de s'y engager, Morgane s'immobilisa devant la chapelle. Elle n'avait pas été consacrée ; plus tard, elle deviendrait un restaurant. Elle eut envie d'y entrer mais les deux paquets dans sa main l'invitaient à poursuivre. Ce qu'elle fit.

De chaque côté de l'avenue, quelques maisons bourgeoises offraient leurs façades lisses qu'un jeune lierre commençait à coloniser. Les jardins étaient enclos par des grilles de fer forgé brodées de clématites ou de rosiers à pompons. Quelques grands arbres, ormes ou cèdres bleus, égayaient l'espace. Elle se souvint que George Sand et Chopin avaient habité jadis à Mer Vive, que la maison qu'ils avaient occupée existait encore... Mais pour combien de temps ?

Elle vérifia les numéros... 12... 14... Elle se tenait du bon côté. Elle avait très chaud maintenant parce que cela faisait plus de trois-quarts d'heure qu'elle marchait d'un bon pas. Elle mourait de soif et guettait avec espoir le marchand de glaces. Pour se rendre d'une plage à l'autre, quelquefois, il empruntait l'avenue et se rendait dans le petit square, fréquenté par de jeunes mères en mal de confidences, poussant leurs landaus, ou par quelques vieilles dames que l'animation des plages fatiguait. Comme elle scrutait le bout de l'avenue, elle avisa une petite silhouette brune. Elle marchait devant elle à bonne distance, mais Morgane eut tôt fait de la rattraper parce qu'elle se déplaçait assez lentement en claudiquant. Il s'agissait d'un gamin d'une dizaine d'années, portant casquette et godillots. La fillette se dit qu'il devait étouffer sous sa blouse noire et effectivement, quand il s'arrêta soudain devant le n° 34 et qu'il se retourna, elle vit qu'il était rouge comme un coquelicot et que sa figure fendue d'une grande bouche aux mauvaises dents luisait de sueur. Elle s'immobilisa à son tour devant le portail et dit en souriant :

- Je crois que nous allons au même endroit.

Il hocha la tête et sa bouche se fendit davantage sur ses chicots.

- Je le crois aussi. Et montrant le paquet rectangulaire soigneusement noué dans un torchon à carreaux, c'est le jour du curé. Les sœurs Taillefer ont demandé à maman de leur préparer un gratin d'aubergines. Et maman, c'est la championne pour ce genre de plat !

- Moi, je leur apporte quelque chose de moins appétissant, vois-tu. Un bouquin sur la religion. De quoi s'endormir sur le gratin. Même celui de ta mère !

Ils éclatèrent de rire. Morgane tendit sa main au gamin. Des doigts bronzés et maigrichons la saisirent avec chaleur.

- Moi, je suis…

Elle n'eut pas le temps de finir que, déjà, il enchaînait :

- Je sais qui tu es. Ton nom, c'est Morgane. Et comme la fillette s'étonnait : pour te reconnaître, ce n'est pas difficile ! Je crois que tu es la seule avec des yeux de cette couleur-là et des cheveux aussi longs.

- Mais tu ne m'as jamais vue. Du moins, je ne me souviens pas…

- C'est mon père qui nous a parlé de toi. Je m'appelle Jean Bellon mais tout le monde me dit « Jeannot ».

- Bellon ? Mais alors tu es le fils de…

- C'est ça, le fils de Dieu ! Il éclata de rire à nouveau. Maman était toute contente d'apprendre que quelqu'un avait si bien deviné son mari. Elle a même dit : jusqu'à présent, j'étais la seule à penser que tu te prenais pour Dieu le Père, dans cette maison. Ça me plaît beaucoup qu'une autre l'ait remarqué.

Morgane sourit.

- Et qu'a répondu ton père ?

- Il n'était pas fâché du tout. Il a seulement dit que c'était normal que tu saches certaines choses parce que tu étais un peu sorcière.

À ce moment-là, ils furent interrompus par l'arrivée d'une des sœurs. La plus grassouillette.

- Ah ! Jeannot, te voilà ! Je guettais ton arrivée. J'avais peur que ta mère n'ait oublié de faire le gratin même s'il est vrai que je l'avais rappelé à Dieudonné, ce matin.

Et comme elle posait un regard interrogateur sur Morgane tout en ouvrant la grille avec une grosse clef, la fillette s'expliqua :

- Je viens de la part de Victoire, ma gouvernante. J'ai des livres et une nappe pour vous.

- Ah ! Bien, bien. C'est gentil que vous soyez venue si vite, mon enfant. Ainsi nous pourrons rendre dès ce soir les livres à Monsieur le Curé.

Elle s'écarta pour les laisser entrer et referma la grille. Ils la suivirent le long d'une allée de gravier qui contournait une haute bâtisse, décorée à mi-hauteur d'une rangée de faïences bleues. De part et d'autre de l'allée, c'était une profusion de fleurs, canas, marguerites, achillées, mêlées dans un savant désordre d'où émergeait quelquefois un laurier taillé en arbre, ou le profil d'une pergola cascadante de roses. Morgane respirait avec délices le mélange des senteurs où dominait une odeur de miel si chargée de sucre que la gorge paraissait lui piquer.

Ils débouchèrent sur une terrasse aux carreaux noircis d'humidité, encombrée de poteries de toutes sortes. Des vides. Des entassées. Des isolées. Des pleines de géraniums et de fuchsias. Sur une table en fer forgé étaient rassemblés les outils du parfait jardinier et un joli petit arrosoir en zinc.

- Entrez les enfants !

Mademoiselle Taillefer, la troisième de la collection, ouvrit la porte vitrée. Le couloir, devant eux, dallé de noir et blanc, tenait davantage de l'antichambre car il était spacieux et occupé en son centre d'un guéridon sculpté, portant une fougère gigantesque.

- La porte du fond… C'est le salon. Avancez-vous ! Ne soyez pas timides.

Mais Morgane n'était pas timide. Elle regardait seulement avec curiosité cette maison envahie de plantes et de bibelots et se disait que ses habitantes l'avaient marquée de leur sceau personnel, appliqué sur les mots comme sur les choses : la pléthore.

Dans le salon, les deux aînées - des jumelles, Morgane en avait maintenant la conviction - se tenaient assises, très droites, devant la table du goûter. Un vieux service de porcelaine avait été disposé dans un ordre impeccable sur une nappe brodée au point de croix. Les tasses faisaient la ronde autour de la théière fumante. Dans les alvéoles d'une corbeille en fine baptiste, on avait placé de petites brioches couvertes de sucre.

- Éloïse, puisque tu es debout, va chercher une autre tasse. Nous n'attendions que Jeannot, Mademoiselle. Mais nous sommes ravies de vous avoir à goûter.

- Je ne sais pas si je dois accepter. Je ne voudrais pas vous déranger. Je crois savoir que vous recevez ce soir.

- Sans doute, ma chère enfant mais ce n'est pas une raison. Nous avons tout notre temps. Cinq heures, c'est l'heure du thé, n'est-ce pas ?

- À moins que vous n'aimiez pas le thé ?

Les yeux de Morgane allaient de l'une à l'autre, sans pouvoir déterminer ce qui les distinguait l'une de l'autre. S'aider de leurs pendants d'oreille - très différents - pourrait peut-être permettre d'individualiser la relation.

- J'aime le thé. J'accepte volontiers votre invitation, Mesdemoiselles.

Éloïse revint. Elle servit.

- Pour toi, Jeanne. Pour toi, Marie. Voici ton thé, Jeannot. Prends donc une petite brioche… Tu l'as bien méritée. Tu remercieras ta maman.

Puis, se tournant vers Morgane :

- Et vous, jeune fille, un peu de lait dans votre thé ?

Morgane opina de la tête. Intérieurement, elle s'amusait beaucoup. Elle avait l'impression de jouer à la dînette et que ce fût des grandes personnes qui la conviaient à le faire, lui causait un sentiment de satisfaction tout particulier.

- Je n'ai pas bien compris votre nom, dit alors Jeanne aux pendants d'oreille en forme de poire.

- Je suis confuse, j'aurais dû commencer par ça. Je n'ai parlé que de Victoire. Je m'appelle Morgane Chevalier. J'habite la Villa Tamaris.

- La Villa Tamaris ? Celle de Monsieur Chabrier ?

- Oui, c'était mon arrière-grand-père.

- Mais, remarqua Marie aux pendants d'oreille en forme de cœur, il me semble bien que nous nous sommes vues ce matin...

- En effet, Mademoiselle Taillefer, je me tenais aussi devant la barque du père de Jeannot.

- C'est cela même ! s'exclama Jeanne et les petites poires de ses oreilles se mirent à se balancer à l'aplomb de ses lobes qu'elle avait très grands. Et vous étiez avec votre père, un monsieur blond, discret et plein de distinction.

Morgane se mit à rire. Qu'on pût prendre Frédéric pour son père l'amusait au plus haut point.

- Pas du tout... C'est seulement un grand ami de ma tante. À qui j'ai été confiée... Enfin, pas à l'ami, mais à ma tante.

Elle commençait à s'embrouiller dans ses explications parce que le fou rire du matin revenait, inextinguible. Pour se calmer, elle but une gorgée de thé brûlant, ce qui lui fit monter les larmes aux yeux.

- Ah ! Mais je me souviens, reprit alors Éloïse en enfournant coup sur coup deux brioches dodues, vous êtes la jeune fille à la vocation précoce. Celle qui souhaitait rencontrer les Ursulines si ardemment !

Jeannot faillit s'étouffer avec le sucre de sa bouchée. Il fut d'ailleurs pris d'une quinte de toux si tenace que Morgane finit par lui tapoter le dos en murmurant, ses yeux lilas noyés de pluie (Jeannot en fut chaviré.) : « Pas de panique. Intérêt diplomatique. » Rassuré, il se remit.

Le goûter se poursuivit. Le nombre des brioches semblait inépuisable. Éloïse alimentait régulièrement la corbeille. Elle et Jeannot étaient en passe de battre leur record.

Habilement, bien qu'elle n'en fût pas dupe, les sœurs se documentaient sur Morgane. Elle ne s'en offusquait pas. Elle s'en réjouissait plutôt, persuadée qu'au cours de cette rencontre, le moment viendrait où elle en apprendrait bien plus qu'elle n'en livrerait à la curiosité insatiable de ces trois bavardes.

- Ainsi, mon petit, vous êtes orpheline et arrivée depuis peu en métropole. Ce ne doit pas être facile. Vous êtes bien jeune pour vivre cet exil…

- Oh ! Mais je me plais beaucoup ici, fit Morgane en reposant sa tasse vide. Pour moi, c'est comme un paradis.

- Nous sommes ravies que vous vous sentiez si bien dans notre petite ville.

- Partout, je vous assure ! Et surtout à la Villa. J'ai même une chambre sous les combles. On voit la mer par l'œil de bœuf !

- Tu peux jouer à la vigie ! s'exclama Jeannot ravi.

Il fut sur le point de s'essuyer la bouche du revers de sa manche mais un regard d'Éloïse le rappela à l'ordre. Il prit donc la minuscule serviette dont il ne s'était pas encore servi. Il se tamponna les lèvres avec le raffinement d'un marquis, mais s'essuya les doigts à la casquette posée sur ses genoux.

- Oui, tu as raison, c'est un excellent poste de vigie.

- Je crois savoir que les jardins sont… surprenants.

L'hésitation de Jeanne amusa Morgane.

- Si vous faites allusion à toutes les statues païennes qui le peuplent, c'est vrai, Mademoiselle Taillefer. Mon arrière-grand-père avait un net penchant pour la mythologie.

- Jusqu'à donner des noms d'héroïnes antiques à ses petites-filles, non ?

Morgane, intriguée, se tourna vers Marie :

- Vous savez cela ?

- Oh ! Je m'en souviens vaguement… Attendez, l'un d'eux était… Lé… Lé… Aidez-moi…

- Léda, c'est le surnom de ma tante.

-… Et puis Daphné, je crois.

Morgane se crispa malgré elle.

-… Le prénom de ma mère.

- C'est bien cela, murmura Jeanne les yeux perdus dans le vide, Daphné Chabrier… une créature ensorcelante aux dires de beaucoup.

- Jeanne !

- Qu'y a-t-il, Éloïse ? Notre jeune invitée peut-elle s'offusquer que sa mère, dans sa jeunesse, a pu par sa beauté séduire bien des cœurs ?

- Non Mademoiselle, je suis même touchée de l'apprendre.

- Tu vois, Éloïse… Maintenant que je vous observe, j'imagine que vous devez lui ressembler beaucoup.

- Avez-vous vraiment connu ma mère ?

La voix de Morgane tremblait un peu, mais nul ne s'en rendit compte. Pas même Jeannot.

- Pas vraiment. Nous l'avons vue quelquefois passer dans l'avenue quand elle a rejoint votre arrière-grand-père, après la mort de ses parents. C'était plutôt une jeune fille indépendante et secrète. Nous ne l'avons jamais croisée en compagnie d'amies de son âge. Seulement, parfois, avec sa petite sœur.

- Une enfant un peu espiègle mais pleine de charme, ajouta Marie.

- Je n'en suis pas surprise, dit Morgane. Même à vingt-cinq ans, elle est encore la même. Mais revenons à ma mère... Vous me parliez de sa beauté, de ses succès.

- Elle ne les recherchait pas. Nous n'avons jamais entendu dire qu'elle était coquette mais sa beauté - comment vous dire ? - les « aimantait ».

- Ce sont toujours ces créatures-là que Dieu éprouve le plus, murmura Jeanne comme pour elle-même.

Morgane sentit son cœur s'accélérer.

- Que voulez-vous dire par là ?

- Jeanne ne veut rien dire du tout, coupa Éloïse d'un air fâché. Elle parle sans savoir et c'est bien regrettable.

- Je ne parle pas sans savoir. Je ne dis rien qui ne soit vrai et Morgane pourrait en savoir bien plus que je ne dis en consultant le premier journal venu, paru à l'époque !

- On a parlé de ma mère dans le journal ?

Morgane, les yeux agrandis, respirait plus vite. Jeannot en fut tout ému.

- À quel propos ?

- C'est vraiment sans intérêt, dit enfin Éloïse parce que les deux autres, unies dans la même évidente consternation, fixaient le fond de leur tasse avec embarras. On a parlé d'elle et de votre père à l'occasion de leur mariage, voilà tout. Comme on le fait chaque fois qu'un événement de ce genre touche des personnalités locales.

- Je ne comprends toujours pas. Le mariage de mes parents a eu lieu dans la plus stricte intimité. Cela, je l'ai toujours su. Pourquoi en aurait-on parlé dans le journal ?

Éloïse se leva. Pour se donner une contenance, elle se tourna vers Jeannot.

- Viens à la cuisine, mon petit. J'ai quelques pots de confiture à te remettre. Je les avais promis à ta maman.

Jeannot la suivit, à contrecœur. La fillette, elle, ne lâchait pas des yeux les jumelles comme un charmeur de serpents fixe les reptiles surgis de son panier.

- Cet article sur ma mère ne concernait pas son mariage, n'est-ce pas? En revanche, il a pu expliquer pourquoi cette cérémonie s'est célébrée dans une telle discrétion. C'est bien cela?

Les deux vieilles dames échangeaient des regards embarrassés, conscientes peut-être pour la première fois que les bavardages inconsidérés se soldent par un prix à payer, bien au-delà de ce qu'on peut imaginer. Et, comme leur silence s'éternisait, Morgane supplia :

- Je vous en prie, répondez-moi... Vous l'avez dit vous-mêmes, je peux tout apprendre en consultant le premier journal venu. Je peux aussi le savoir en questionnant ma tante... ou Victoire!

Les deux femmes sursautèrent ensemble et leurs pendants d'oreille furent pris de frénésie. Leurs corsages se soulevèrent au même rythme rapide. Morgane eut pitié.

- Je ne leur dirai rien, si vous m'expliquez. À présent, vous en avez trop dit. Vous me devez la vérité.

Alors Jeanne parla.

Au fond, toutes trois ne savaient pas grand-chose. Il est vrai que le nom de Daphné Chabrier avait été cité dans la presse à propos d'un fait divers regrettable. Dans les semaines qui précédèrent son mariage, un drame s'était produit à la Villa Tamaris. Un proche de la jeune fille avait voulu se donner la mort. Le nom de la victime n'était pas cité parce qu'elle était mineure au moment des faits. On savait seulement qu'il s'agissait d'un jeune homme de bonne famille, au talent artistique prometteur. En dépit de tous ses efforts, le grand-père Chabrier n'avait pu tenir la presse en laisse. Certains journalistes étaient allés jusqu'à dire qu'il payait là une éducation trop libérale et que la place des jeunes filles trop belles et trop rebelles était au couvent jusqu'à leur mariage.

- Croyez bien que ce n'était pas notre opinion, chère petite Morgane. C'était pure méchanceté de la part d'esprits obtus, pour ne pas dire fanatiques. On ne voit pas ce qu'on pouvait reprocher à votre maman si l'un de ses soupirants avait été jaloux au point de vouloir se supprimer parce qu'elle allait en épouser un autre. Comme nous le disions, rien dans son comportement, ni dans sa réputation, n'a jamais laissé penser qu'elle était une personne légère.

Éloïse intervint :

- D'autres n'ont vu là que la forme extrême que peut prendre la passion chez un adolescent. Brisé de voir s'écrouler ses châteaux en Espagne.

- Le plus désolant, ajouta Marie, c'est que le nom de votre mère a été mêlé à cette sombre histoire. Hélas pour elle, elle était majeure. On ne l'a pas épargnée. Vous le voyez, Morgane, c'est un triste épisode. Inutile de revenir là-dessus.

- Qu'est devenu l'adolescent, après son suicide raté ?

Morgane se surprit elle-même. Elle ne reconnaissait pas sa propre voix tant elle était altérée.

- On ne sait pas. Les fiancés se sont mariés peu après, puis ils sont partis. Personne n'a plus jamais entendu parler de lui. Il a dû être sans doute soigné longuement puis il a disparu. Comment du reste retrouver sa trace ? On n'avait jamais su sa véritable identité.

- Et pourtant, dit Morgane, s'il s'agissait d'un de ses proches, comment n'a-t-on rien su ? Ces choses-là transpirent dans les familles.

- Pas celle-là, ma petite fille. Je crois que tout le monde était d'accord pour l'effacer à jamais des mémoires. Et puis, tous les protagonistes avaient quitté les lieux, la Villa pouvait redevenir ce paradis que vous évoquiez tout à l'heure.

- Triste paradis, commenta Morgane en repliant sa serviette.

Elle se leva. Les trois sœurs l'imitèrent.

- Je vais vous quitter, Mesdemoiselles, non sans vous avoir remercié pour votre accueil et la franchise avec laquelle vous m'avez parlé. Vous avez raison. C'est une vieille histoire qui ne change rien à ma vie présente.

Visiblement soulagées, les trois sœurs ne voulurent pas qu'elle s'en allât sans emporter un bouquet du jardin à remettre à Victoire.

Jeannot les attendait. Il s'amusait à lancer des gravillons dans les pots vides de la terrasse. Lorsque le bouquet fut terminé, les enfants s'éclipsèrent.

Ils firent un bout de chemin ensemble, sans parler mais au moment de se séparer, Jeannot dit à Morgane dont il saisit la main :

- Tu sais, ce soir, vers huit heures, mon père et moi, on sera en train de pêcher au petit port du Manteau. On emporte un pique-nique. Viens nous rejoindre.

Morgane lui serra les doigts sans répondre et le quitta très vite. Jeannot se dit qu'il l'attendrait quand même.

VII

Elle reprit l'avenue en sens inverse, marchant comme une somnambule. Elle comprit bien vite que ses jambes refuseraient de la porter jusqu'à la maison. Alors elle fouilla ses poches pour y chercher de la monnaie. De quoi payer le tramway. Il la conduirait jusqu'au port. Là, elle aviserait.

La tête vide, elle fit comme elle l'avait décidé.

Pendant le trajet, elle ne vit personne. Pas même le regard curieux du contrôleur, que cette petite fille trop songeuse intriguait.

Pourtant, derrière ce front, les pensées se bousculaient ; elles arrivaient par vagues dans sa tête, se heurtaient les unes aux autres avant de s'anéantir dans un charivari indescriptible qui lui laissait le cerveau vide, le crâne douloureux.

Et tandis que défilaient les platanes, les jardins, les maisons, les cabines de la plage maintenant désertée, elle voyait la tête de Frédéric qui n'en finissait pas de bondir sous l'impact de la balle. Déviée par quel bras ? Il avait bien fallu que quelqu'un intervînt pour qu'elle n'atteigne pas son but ? Était-ce sa mère ? Son père ? Léda ? Qui avait fait de ce mort programmé un aveugle ? Qui l'avait condamné à vivre ? Pour le reste, elle savait déjà. Entre un amour excessif et des épousailles raisonnables, sa mère avait choisi.

Pourquoi fallait-il qu'elle juge sa mère sans pitié ? Pourquoi refusait-elle d'en faire une victime, elle aussi ? Mais non ! Ne s'était-elle pas mariée ? N'était-elle pas partie au bout du monde sans un regard pour celui qu'elle laissait derrière elle ? Comment avait-elle pu tourner la page et oublier ? Mais avait-elle oublié ?

Sa maladie n'était pas l'indifférence mais le remords. Et son père était son complice. Ils s'étaient mariés pour le pire et le pire, c'était elle, Morgane. Parce qu'ils n'en avaient pas voulu, parce qu'elle était de trop, parce qu'ils ne s'aimaient pas... ou plus, quand elle vint au monde. Ils avaient poursuivi leur vie, fait un enfant et l'avaient abandonné, lui, tout seul, dans sa nuit.

S'il avait fait ce geste, c'est qu'à un moment Daphné lui avait laissé croire qu'il comptait. C'était un geste de prince déchu, d'amoureux éconduit. Pourquoi avoir choisi son père après l'avoir élu, lui, le jeune artiste promis à un brillant avenir? Des années durant, l'enfance entière, ils ne s'étaient jamais quittés. Et puis surgit un jour un bel officier. Il a de la prestance, la trentaine bien assise et il rassure. Rien de commun avec cet adolescent romantique et exalté qui joue Litz avec fougue et s'est épris comme Roméo. Pour maintenant et pour jamais.

Frédéric avait aimé sa mère au point de vouloir en mourir... Et dire que, le matin même, ils avaient marché ensemble, côte à côte, en se tenant la main. Il avait touché la chair de la chair qui l'avait refusé. Honni...

Effrayée du tour pris par ses divagations, elle se couvrit d'une sueur glacée. Pourquoi cette haine pour ses parents? Parce que l'un comme l'autre n'avait jamais été présent pour elle? L'une morte trop tôt, de cette maladie de langueur qui l'avait conduite à ne plus manger, à dépérir lentement jusqu'à n'être plus qu'un fantôme. L'autre, toujours absent, requis ailleurs, avare de tendresse. « Tu lui ressembles trop. À ce point, tu n'en as pas le droit. »

Et les paroles de Victoire lui traversèrent l'esprit : « Et, tandis que les autres se mariaient, lui, sur son lit d'hôpital, il apprenait qu'il ne verrait plus jamais. »

Comme il y avait d'indignation, de ressentiment dans ce « les autres »! Victoire aussi condamnait sa mère. Elle l'associait à son père dans le même mépris. Toute sa sympathie allait à Frédéric. C'était manifeste. Léda aussi déployait des trésors de sollicitude envers lui. Toutes deux montraient un respect infini pour le sort de cet homme. Non, il n'avait jamais été l'adolescent capricieux qui souhaite obtenir ce qu'il veut à l'aide d'un chantage. Il avait seulement été trahi et ne l'avait pas supporté.

Le tramway s'arrêta. Morgane se retrouva sur le port, un peu étourdie. L'air de la mer lui fit du bien. Elle fit quelques pas sur le quai où de rares promeneurs déambulaient.

L'après-midi s'achevait. Le ciel avait pris une couleur plus douce, l'éclat du soleil déclinait. Il faisait bien moins chaud. Elle regarda le bateau qui faisait la navette entre l'isthme et le port accoster, les passagers en descendre. Elle regarda encore les barques nues osciller doucement sur les flots remués, l'horizon vide, se tourna vers le bout du quai que le trois-mâts, le matin encore, illuminait de sa présence. Mais il avait disparu.

Alors ses yeux tombèrent sur un banc isolé devant la mer, à quelques pas seulement de l'endroit où elle se tenait.

Morgane s'approcha.

Il était là. Assis, tout seul, sur le banc. Sa main gauche tenait le violon, la droite l'archet. L'instrument, silencieux sur ses genoux, scintillait doucement de l'éclat de la nuit. Au-dessus de sa tête, le ballet incessant des mouettes dont les ailes claquaient avec des cris de colère, pesait comme un reproche, une menace.

Le chien avait disparu. Sa toque de fourrure dégageait ses mâchoires puissantes, son profil court de Barbare et la douceur du pelage rendait plus coriace encore la peau tannée de ses joues bleuies de barbe. Ses mains énormes aux ongles courts, étrangement soignées chez un tel personnage, tenaient l'instrument et l'archet avec une délicatesse émouvante, comme si un geste trop brusque, un souffle les eussent rompus. Perdu dans ses pensées, il n'entendait pas les mouettes, n'entendit pas davantage la fillette. Elle s'enhardit jusqu'à s'asseoir près de lui. Un peu étourdie par l'odeur de goudron et de sel qui émanait de lui, la même qui hantait les grands hangars où l'on radoubait les bateaux, elle se tint un instant silencieuse, à peine effrayée.

Le silence du musicien la fascinait. Il n'était pour elle qu'une invitation s'ajoutant à celle de sa curiosité, née du matin et inassouvie. Il ouvrait comme une parenthèse dans le moment pénible qu'elle traversait. Comme une brèche de lumière dans la nuit que ses questions avaient fait naître.

- S'il vous plaît, Monsieur le Cosaque, jouez pour moi.

Il ne la regarda pas mais s'exécuta.

Dès les premières mesures, elle reconnut le concerto de Mendelssohn. Un instant, elle ferma les yeux, se laissant envahir jusqu'à l'âme par la plainte déchirante puis elle les rouvrit, ne lâcha plus l'horizon des yeux. Elle ne s'étonna pas que le Mongol pût jouer avec tant de talent.

Combien en avait-elle croisé sur les bords des routes, au carrefour des rues, qui conservent au fond de leur étui les marques de leur gloire passée ? Articles de journaux, affiches, tickets d'entrée, quelquefois une photographie… Mais lui, n'avait rien de tout cela. Sa musique seulement témoignait pour lui. Elle devinait sans en percevoir la vraie nature que lui aussi possédait ses secrets, ses zones d'ombre. Qui était-il vraiment ? Un ancien de la Garde Impériale ? Un musicien vénéré ? Un exilé politique que l'adversité avait vaincu ? Ou tout simplement un homme devenu clochard par refus de toutes les conventions, de toutes les contraintes ? Un être libre prêt à en payer le prix.

Le violon se tut.

Les yeux rivés sur la courbure de la mer, elle demanda timidement :

- Vous n'êtes pas parti avec le bateau ?

- Non.

- Pourquoi ?

- Le prochain ira plus loin…

Il avait un accent slave, mélodieux et doux. Sous sa langue, les mots perdaient de leurs aspérités. Comme si un peu de sa musique lui était entrée dans le corps, dans la bouche, tapissant son palais, sa gorge de notes magiques, faisant de lui un chanteur atypique, ni ténor, ni baryton mais plutôt un diseur de mots tendres, un récitant de charme. Une voix pour envoûter les petits enfants, le soir, à la veillée.

- Et votre chien, Monsieur ?

- Disparu le temps d'une conquête. Il reviendra.

- Et vous, Monsieur, comment êtes-vous arrivé jusqu'ici ?

Le Mongol tourna à demi la tête vers la fillette et sourit. Ses yeux ne furent plus qu'une fente. Il devint mystérieux comme un mandarin de Chine.

- Vous êtes bien curieuse, ma jeune enfant.

Il dit « curieuse » en roulant les « r »…

Ce fut, du reste, dit avec gentillesse, sans l'ombre d'un reproche, si bien que Morgane se fit la réflexion que, pour une fois, quelqu'un ne considérait pas ses questions comme inopportunes.

- Je ne voulais pas me montrer indiscrète, Monsieur.

- J'ai quitté mon pays pour suivre une ballerine. J'étais fort amoureux. Elle dansait comme un ange.

Morgane essaya d'imaginer ce qui pouvait unir une danseuse gracieuse à ce colosse guerrier… mais, depuis le matin, elle avait bien compris que rien n'est plus énigmatique que les sentiments humains. Elle préféra se taire.

- Malheureusement pour moi, elle avait l'âme d'un démon. Pour Olga Ivanovna, j'ai renoncé à tant de choses !... Je le regrette parce qu'elle ne méritait pas tous ces sacrifices.

- Qu'est-elle devenue ?

Il rit encore. Ses yeux disparurent.

- Elle a épousé un comte russe!... Moi, je suis devenu un musicien des rues.

Morgane remarqua doucement :

- C'est moins romantique qu'un suicide.

- C'est surtout moins irréparable...

Il se tut, les yeux fixés sur l'horizon, sa main caressant le ventre de son violon.

- Vous avez encore des rêves, Monsieur?

- Oui, ma jeune enfant. Reprendre du service auprès de mon Tsar, Nicolas II, servir le jeune Tsarévitch, jouer du violon dans les jardins de Tsarskoïe Selo et - il gronda - éliminer ce fou de Raspoutine!

- C'est un beau programme, mais il m'a l'air difficile à réaliser.

- La question ne se pose pas en ces termes. Ce qui importe, c'est d'avoir une raison pour continuer. J'en ai plusieurs.

Morgane se leva. Elle tendit sa main au musicien qui la prit délicatement entre les siennes.

- Moi aussi, j'en ai plusieurs... Merci mille fois pour Mendelssohn!

Quand elle poussa le portail de la Villa Tamaris, elle était un peu plus calme. Le tourbillon de ses pensées s'était apaisé; elle savait exactement ce qu'elle avait à demander à Léda, à Victoire.

Tandis qu'elle montait les marches, elle se récitait les questions importantes : l'union de ses parents avait-elle poussé Frédéric au suicide? Daphné l'avait-elle trahi? Quelles avaient été les circonstances de ce terrible geste? Étaient-ils vraiment partis sans se soucier de son sort?

Quand elle déboucha sur la dernière terrasse, elle se rendit compte qu'elle n'avait en fait qu'une seule question à poser : qui était réellement sa mère? De la réponse dépendait tout le reste.

Au moment d'entrer dans le salon cependant, elle s'immobilisa. Les trois femmes s'y étaient assises. Il était question d'elle.

- Ce que je voulais simplement ajouter, disait Rebecca, c'est que ma proposition tient toujours. Je n'irai pas contre les désirs de Morgane, ni contre les vôtres, ma chère Léda, parce que je les comprends et qu'ils sont légitimes. Seulement, nous entrons dans des temps difficiles. Qui sait de quoi demain sera fait? Je voudrais que vous n'oubliiez pas que la Suisse est un pays neutre et que notre nièce y trouvera toujours refuge.

- Je vous remercie, Rebecca. Ce sont des considérations raisonnables. J'en tiendrai compte.

Morgane n'y tint plus Elle bondit dans le salon et déclara sans ambages :

- Léda, il faut absolument que je te parle. Et à Victoire aussi.

Son petit visage était si animé, ses yeux lançaient de tels éclairs, ses mains tremblaient tellement qu'aucune des trois ne songeât à s'offusquer de cette entrée intempestive.

Rebecca sortit sans un mot.

- Qu'y a-t-il encore, Morgane?

La voix de Victoire un peu impatientée acheva de faire sortir la fillette de ses gonds.

- Il y a que je sais tout! Tout ce que vous avez voulu me cacher. Je pose peut-être beaucoup de questions, Victoire. Indiscrètes et douloureuses mais toi, tu mens et c'est pire!

Étrangement, la vieille gouvernante ne perdit pas son calme :

- Tu es trop jeune pour comprendre qu'un bon mensonge vaut mieux qu'une vilaine vérité.

- Je ne crois pas. Léda est là pour dire que je suis beaucoup plus âgée qu'il n'y paraît. N'est-ce pas, Léda? Souviens-toi de ce qu'a dit la Mère Supérieure du couvent? Moi, je me le rappelle parfaitement. Elle voulait que tu lui expliques un de ces jours pourquoi j'ai grandi si vite.

- Calme-toi, Morgane. La voix de Léda se voulait conciliante. Qu'est-ce que tu as appris ? Et par qui ?

Victoire haussa les épaules avec dépit.

- Par qui ? Tu le demandes ? Par les sœurs Taillefer, naturellement ! Connaît-on commères plus bavardes ?

- Ce ne sont pas des commérages. C'est la vérité. Mais c'est de vous que je veux la connaître... Parce que depuis que je sais tout, ma mère s'éloigne de moi à une vitesse vertigineuse - sa voix se brisa -. Toute ma tendresse va à Frédéric. Alors, si vous avez quelque chose à me dire pour sa défense, c'est le moment ou jamais.

Tout en parlant, elle essuyait d'une main rageuse les larmes sur ses joues.

- Jamais, je ne pourrai lui pardonner le mal qu'elle lui a fait. Ni à mon père non plus !

Léda se leva sans répondre. Au passage, elle tapota la main de Victoire, devenue toute pâle et dont la bouche tremblait. Sur le pas de la porte, elle regarda Morgane et dit sobrement :

- Suis-moi.

Ensemble, elles sont entrées dans la chambre de Léda. Une chambre d'homme. Celle du grand-père Chabrier. Bois sombre, cuir et rayures aux murs. Elle a toujours senti le tabac. Quelques cigares sont soigneusement alignés dans une boîte sur le bureau et Morgane, malgré sa détresse, se demande si dans l'intimité, Léda va, comme George Sand, jusqu'à les fumer.

La jeune femme s'est dirigée vers un secrétaire, l'a ouvert puis, actionnant un tiroir secret, elle a retiré de sa cachette un cahier noir. Elle le tend à la fillette.

- Tiens, il te revient. Je ne suis pas sûre que tu aies l'âge requis pour en prendre connaissance. Je comptais te le remettre pour tes quinze ans... mais - un sourire mi-tendre, mi-ironique, éclaire son visage - ta « maturité » m'a devancée.

- Qu'est-ce que c'est ?

Morgane timidement s'avance, reçoit le cahier d'une main tremblante.

- Le journal de ta mère... Inachevé... mais assez complet cependant pour que tu comprennes.

- Elle te l'avait remis ?

- Non... Elle l'a laissé derrière elle. Parce qu'elle n'est pas partie en prenant son temps, comme une jeune mariée peut le faire. Elle a pris la fuite et sa précipitation plaide en sa faveur, quoi que tu en penses.

- Je peux l'emporter dans ma chambre ?

- Je te le répète : il est à toi, Morgane. Puisses-tu rejoindre ta mère en le lisant et combler la distance que ton ignorance a placée entre elle et toi.

Léda s'efface pour la laisser sortir.

Alors, comme une flèche, Morgane s'élance dans l'escalier pour gagner la chambre à l'œil de bœuf, le cahier serré contre son cœur.

Tamaris, le 17 septembre 1901

Je commence un journal parce que je suis vraiment trop malheureuse. Il faut que je soulage mon cœur.

Je viens d'avoir une dispute effroyable avec Grand-Père. Il désapprouve totalement mes projets et j'en suis désespérée. Tout allait bien pourtant. Nous buvions le café ensemble dans la bibliothèque. Léda était partie faire un tour. Et puis, je ne sais quel démon m'a poussée, j'ai abordé la question de mon avenir.

Je lui ai expliqué que je voulais vivre à Paris, faire du théâtre, prendre des cours auprès de Madame Sarah Bernhardt, que c'était mon rêve depuis toujours. Il a bondi, hors de lui, en hurlant que ce n'était pas un métier pour une femme respectable. Dans sa bouche à lui, cela m'a paru confondant. Il passe son temps à fustiger les préjugés ! Mais c'est tout juste s'il ne m'a pas joué les Père Poquelin, menacée d'excommunication ! Je croyais rêver... Je lui ai dit que je ne voulais pas entendre parler de ses bateaux, de ses plans, de ses chantiers... qu'il n'avait pas le droit de choisir à ma place. Et comme il n'en démordait pas, je lui ai parlé de Frédéric. Lui aussi, il a décidé de se lancer dans une carrière artistique et personne, pas même mon propre grand-père, n'y a trouvé à redire.

Je me souviendrai toujours de sa réponse. Elle a été cinglante et m'a anéantie : « Mais lui, c'est autre chose, ma petite Daphné. Lui, il a du talent ! »

Je suis sortie en claquant la porte. Je l'aurais tué.

1er octobre 1901

N'ai-je vraiment aucun talent ?

Frédéric m'assure pourtant du contraire. Souvent il prend ma tête entre ses mains, plonge son regard vert dans le mien et murmure contre ma bouche : « Avec des yeux comme les tiens, ma Daphné, on ne peut que bouleverser le monde. »

Alors ?

Cet après-midi, nous avons semé Léda qui nous collait comme un petit chien et nous sommes allés nous promener dans la pinède, au-dessus de la Villa. Il faisait un beau soleil d'automne. La lumière coulait entre les arbres et chaque fois qu'un chêne doré surgissait parmi les taillis verts, c'était comme un cadeau. Nous marchions côte à côte.

- Mais pourquoi s'obstine-t-il à dire non ?

- Parce qu'il veut te protéger. Selon lui, tu crois entrer à la Comédie Française et tu finis au Moulin Rouge.

- Mais c'est absurde ! Mon modèle à moi, ce n'est pas La Goulue. C'est Sarah Bernhardt !

Il a éclaté de rire. Il s'est arrêté brusquement, a pris mes épaules entre ses mains. J'ai renversé la tête pour le regarder. Il est si grand !

- Comme tu as bien dit cela ! Tu seras une bonne actrice !

Et il m'a embrassée. Oh ! Fugitivement... Il a posé très vite ses lèvres sur les miennes. Un baiser de papillon. C'était la première fois. J'ai été si surprise que je n'ai pas réagi.

9 octobre 1901

J'ai envoyé une lettre à Madame Sarah Bernhardt. N'ayant pas son adresse à Londres, je l'ai adressée au Théâtre qui porte son nom à Paris. Je ne me fais pas trop d'illusions mais sait-on jamais ? Léda, à qui j'en ai touché un mot, m'assure qu'une femme capable de jouer un rôle d'homme, comme Hamlet, est digne de confiance.

Brave petite Léda ! Partagée entre son grand-père et sa grande sœur... Je ne lui consacre pas suffisamment de temps depuis la mort de maman. Suis-je à ce point égoïste ?

23 octobre 1901

Je ne sais pas si je dois raconter cela...

Je suis si bouleversée.

Frédéric est venu nous voir ce matin. Il a déjeuné avec nous. Comme chaque fois qu'il est là, Grand-Père s'est montré charmant. Au dessert, il nous a joué un Prélude de Chopin.

Tout le monde l'a écouté avec recueillement. Même Léda qui est toujours si remuante.

Il est si différent quand il joue ! On dirait un homme.

Dans d'autres circonstances, ce n'est souvent qu'un adolescent. Rieur. Espiègle comme à douze ans. Je me sens vieille à côté de lui... Et cependant, cet après-midi... Il n'a pas joué de musique mais c'était bien un homme.

24 octobre 1901

Hier, je n'ai pas voulu en dire plus... mais cela me ronge... J'ai bien peur d'avoir commis une grave erreur. Non pas contre la morale. Mais contre moi-même. Contre Frédéric.

Comme je l'écrivais hier, il a joué du Chopin et puis Grand-Père est allé se reposer dans sa chambre. Léda a disparu je ne sais où. Il était en train de ranger ses partitions quand, pour le taquiner, je lui en ai chipé une et suis partie en courant. Il m'avait impressionnée comme toujours au clavier. C'était une façon de le replacer dans son rôle de camarade de jeu, rassurant et complice.

Il m'a poursuivie en riant jusque dans l'escalier, et puis dans la chambre à l'œil de bœuf où nous passons depuis l'enfance tant d'heures tranquilles. Il s'est jeté sur moi pour essayer de me prendre la partition. Je me débattais, prise de fou rire. Alors, pour qu'il ne parvienne pas à ses fins, je l'ai glissée prestement dans mon corsage. Sans vraiment y parvenir. Dans le geste qui a suivi, il n'est entré aucune arrière-pensée. Il a tout bonnement voulu récupérer la feuille qui dépassait encore de mon encolure. Nouvelle lutte. Nouveaux rires jusqu'à ce que le déchirement de l'étoffe nous dégrise.

Il tenait enfin la partition à la main mais son geste de triomphe est demeuré en suspens. Les yeux rivés sur moi, il ne bougeait pas plus qu'une statue. Le hasard fit que je me trouvais dans l'axe de la psyché reléguée là depuis des lustres. Dans le miroir, je me suis vue.

C'était beaucoup plus qu'un désordre de vêtement... Je montrais ma poitrine et, comble de tout, ma respiration haletante la rendait plus impudique encore. J'essayai maladroitement de ramener sur moi les lambeaux du corsage mais mes doigts tremblaient. Il dit seulement : « Laisse, je t'en prie. »

J'ai obéi sans savoir pourquoi. Je l'ai laissé me regarder longtemps. Ses yeux avaient pris une grande douceur et, sans me toucher, il me caressait déjà.

Je ne sais plus trop ce qui s'est passé ensuite. Je sais seulement que je n'avais pas peur, que ce qu'il voulait, je le voulais aussi. Que ce n'était pas moi du reste qui le voulais, mais mon corps, curieux, impatient, animé d'une vie propre qui répondait avec enthousiasme à toutes ses avances. Il était tendre et maladroit à la fois. Il picorait mon visage de baisers en répétant sans cesse : « Je t'aime. Je t'aime. »

Et, quand il s'est interrompu pour fermer la porte et donner un tour de clef, je savais déjà que cet adolescent de dix-sept ans, entre mes jambes où mon cœur battait si fort, allait devenir un homme...

3 novembre 1901

Il y a bien des jours que je n'ai pas écrit dans ce journal.

Je crois que le seul fait de le toucher me brûlait les doigts. J'avais peur de me retrouver face à moi-même. Frédéric a dû repartir pour Paris mais je reçois de lui des lettres enflammées qui me font peur. Il veut que nous nous mariions dès qu'il aura atteint sa majorité. Il fait des projets d'avenir, parle de notre maison, de nos enfants.

Je suis terrorisée. Comment lui dire que cela va trop vite ! Que tout est allé trop vite ! Que je me suis donnée à lui dans l'éblouissement du moment, sans penser aux conséquences... L'idée d'une maternité éventuelle me couvre de sueurs froides. Je pense à Grand-Père, à Léda, à mes projets de théâtre.

Comment ai-je pu perdre la tête à ce point ?

Mon Dieu, comme j'ai peur !...

10 novembre 1901

Ce soir, je suis allée écouter un concert place Ledru-Rollin. Il faisait exceptionnellement doux. Nous étions assis autour du kiosque à musique, Grand-Père, Victoire, Léda et moi. On jouait de la musique militaire et je m'ennuyais plus que je ne saurais le dire. À un moment donné, j'ai tourné la tête du côté droit et j'ai surpris sur moi, rivé sur moi, le regard d'un officier. La trentaine, la moustache martiale, et des yeux d'un velours sombre dont l'intensité m'a fait passer des frissons dans le dos. Il me regardait comme s'il avait déjà des droits sur moi, et le plus curieux, c'est que je l'acceptais.

J'ignore son nom mais je suis persuadée qu'il connaît déjà le mien.

12 novembre 1901

Voilà, je sais tout. Son nom à lui, c'est Alexandre Chevalier. Il n'est en France que provisoirement. Il doit se rendre avec son régiment à Pondichéry, un de nos comptoirs aux Indes. J'avoue que jusque-là Pondichéry était un mot qui me plaisait pour ses consonances poétiques... Surtout les deux dernières syllabes... Il rayonne d'une petite musique, pleine de charme. Il me semble qu'un poète a écrit des choses très justes sur le pouvoir de certains noms de lieux.

Mais aujourd'hui, Pondichéry est bien plus qu'une jolie musique... C'est là où mon amour naissant va disparaître si je reste muette et bien élevée. Je dois le retrouver cet après-midi, à l'insu de Grand-Père, dans un salon de thé. J'ai accepté ce rendez-vous sans hésiter.

Il me semble, même si c'est étrange, que nous nous connaissons de toute éternité. Je me demande si c'est ce qu'on appelle « le coup de foudre ».

25 novembre 1901

Il n'y a que quinze jours que nous nous sommes rencontrés mais il vient de me demander en mariage. Le temps nous presse. Il vaut mieux que nous soyons mariés avant d'entreprendre un si grand voyage. Ainsi nous le ferons ensemble.

Je n'ai pas encore osé en parler à Grand-Père mais je suis majeure et rien de ce qu'il pourra me dire ne m'ébranlera. Restent Léda et ma vocation théâtrale. Des deux, c'est Léda qui me préoccupe le plus. J'ai du mal à la laisser derrière moi mais je sais déjà que, même si je le lui demandais, elle refuserait de me suivre.

Quant au théâtre? Eh bien, je vais finir par donner raison à Grand-Père... Je crois n'avoir aucun talent. Ma vocation n'était qu'un leurre. Pourquoi?

Mais parce que la vie qui m'attend éclipse tout le reste.

1er décembre 1901

- Et Frédéric? a dit Grand-Père.

- Comment cela, Frédéric?

- Eh bien, que va-t-il penser de ton mariage? de ton départ?

Je n'ai pas répondu...

Du reste, je n'en reviens pas. Grand-Père ne s'est pas mis en colère. J'ai l'impression que, du moment que je lui laisse Léda, le reste ne compte pas.

Cela me peine et me soulage à la fois.

7 décembre 1901

Frédéric vient de rentrer de Paris en catastrophe.

Il a fait dire qu'il passerait ce soir à la Villa. Il veut me voir, et aussi Alexandre...

Le journal s'arrêtait là.

Morgane, un peu haletante, s'était perdue dans ses pages, oubliant tout. Envoûtée par la belle écriture de sa mère, par ses mots, par la vie qu'elle manifestait, elle qui n'avait été pour sa fille qu'un fantôme léger, arachnéen presque, avant de s'endormir pour toujours.

Qu'y avait-il de commun entre cette jeune fille volubile, ardente et ce corps raidi, figé dans ses dentelles ? Pour son dernier voyage, Alexandre l'avait voulue revêtue de sa robe de mariée, trop grande et trop blanche.

Oui, qu'y avait-il de commun entre feue Madame Chevalier et Daphné Chabrier, rebelle et passionnée, qui n'avait pas vécu ses rêves, ou du moins un seul d'entre eux, brisé en quelques mois ?

Morgane l'apprenait, stupéfaite : ses parents s'étaient aimés comme Roméo et Juliette. Et puis ils avaient cessé un jour de tenir l'un à l'autre. À cause de qui ? De quoi ?

Était-ce elle la clef de ce mystère ?

N'était-ce pas plutôt Frédéric et son geste ?

Elle écrasa ses larmes d'un revers de main. Une phrase la hantait. Elle révélait tant de faiblesse ! « J'étais terrorisée », avait écrit sa mère et cet aveu la lui faisait si proche qu'elle tressaillit comme si une main invisible avait effleuré sa joue. Daphné avait eu peur... Terriblement peur des sentiments de Frédéric.

Au point de prendre la fuite ?

Elle revint en arrière... au jour où tout avait basculé, où Frédéric avait cessé d'être le compagnon de jeu qu'on taquine pour devenir l'amant. Elle comptait sur ses doigts jusqu'au jour de sa naissance... Elle avait le tournis. Ce n'était pas impossible... Était-ce pour cela que sa mère avait accepté un mariage aussi précipité ? Son père avait-il un jour conçu des doutes ? Comme toutes ces questions lui faisaient mal ! Coup de couteau dans le crâne. Coup de couteau dans le cœur… Ce fut plus fort qu'elle, elle enfouit son visage dans l'oreiller et éclata en sanglots.

Quand elle n'eut plus de larmes, elle se redressa, s'essuya soigneusement les yeux et se dit que, si elle avait eu l'âge de sa mère, elle eût choisi Frédéric. Il l'avait aimée comme David aimait Léda. Peut-être davantage… Puisque David allait partir sous les drapeaux et accepter la séparation.

Frédéric, plus que jamais, devenait son héros. Il lui semblait que la passion, jaillie le matin même dans tout son être, se justifiait à la lecture de ce journal. Brusquement, elle eut envie de le voir, de lui parler mais une honte inexplicable la retint.

Alors elle déchira avec vivacité la dernière page du cahier noir et sur les lignes vierges elle commença à écrire fébrilement.

Elle ne raisonnait plus. Elle laissait courir sa plume avec une exaltation croissante qui changeait peu à peu son écriture enfantine, rappelait quelque part la large calligraphie maternelle.

Quand la feuille fut pleine, elle sortit de sa chambre, hésita une seconde sur la conduite à tenir. Frapperait-elle à sa porte ? Non, s'il dormait, elle pourrait l'éveiller. Il fallait seulement entrer par la baie vitrée de la terrasse. En douceur… Comme un chat…

Là, elle verrait bien…

VIII

Sœur Marie-Odile attendit que les complies fussent achevées, que le temps libre de vingt heures débutât pour regagner sa cellule. Beaucoup de religieuses mettaient à profit ce moment pour réciter leur chapelet avant qu'à vingt et une heures ne reprennent Mâtines et Laudes. Elle avait donc presque une heure devant elle pour mettre ses projets à exécution.

Certes, il ferait jour tard en ce 28 juin 1914, mais elle n'avait pas le choix. Comment traverser une propriété inconnue à la nuit tombée sans plan ni repères ? Elle devrait se montrer discrète, ouvrir les yeux et ne se déplacer qu'à coup sûr. Il était heureux que le grand-père Chabrier n'ait pas fait construire de chenil ni que sa petite-fille n'ait confié la surveillance de sa demeure à deux ou trois molosses.

À la lueur de sa bougie, elle relut le petit billet, roulé soigneusement pour qu'il pût entrer sans difficulté dans la bague du pigeon-voyageur. Celui-là même qui, ce matin encore, avait apporté ce dernier message la prévenant en termes laconiques que L'Asphodèle serait à quai, prêt à appareiller le lendemain matin à six heures. Il lui incombait de prendre toutes les mesures nécessaires pour être fidèle au rendez-vous.

Elle avait déjà sa petite idée. En premier lieu, s'assurer que Benjamin serait bien en train de souper dans sa cabane. Ensuite, escalader le mur là où un pan s'était écroulé. Ce serait un jeu d'enfant bien que sa robe longue compliquât un peu l'ascension. Enfin, franchir allégrement l'obstacle et trouver Morgane. Elle seule pourrait lui procurer les vêtements adéquats. Une chemise, un pantalon feraient l'affaire. Mademoiselle Chabrier avait sensiblement la même taille qu'elle. Elle avait eu tout le loisir de l'observer tandis qu'en compagnie de l'enfant, elle se rendait chez la Supérieure.

Elle eut une pensée attendrie pour la vieille femme mais pas le moindre remords en songeant à l'embarras dans lequel son évasion allait la plonger. Elle faisait confiance à sa bonté. La colère de son père s'y heurterait en se brisant comme un bateau sur un écueil trop grand.

Sa vocation, c'était d'aimer.

Comme toutes ses sœurs ici-bas.

Mais pas un Dieu. Un Homme. Avec un idéal d'homme.

« Ni Dieu, ni Maître… », répétait-il souvent lorsque, voici presque trois ans, ils s'étaient rencontrés à Paris, s'étaient plu malgré la différence d'âge.

Son cœur battit plus fort. Il serait à bord de L'Asphodèle. Oui, Boris serait à bord, les joues mangées de barbe, un peu amaigries par la clandestinité. Il l'aiderait à monter. Il garderait sa main un peu plus longtemps dans les siennes sans manifester de tendresse parce que les camarades seraient présents. Ils regarderaient ensemble la côte s'éloigner. La mer s'ouvrirait toute grande devant eux. Seraient déjà dans leur tête à Moscou… où Lénine, son exil achevé, les rejoindrait.

Sur le point de quitter sa cellule, elle dut y rentrer précipitamment car Sœur Geneviève traversait le couloir. Elle attendit qu'elle eût disparu en regrettant de ne pouvoir lui dire adieu.

Elle suivit alors en toute hâte les murs sombres et silencieux avant de déboucher dans la galerie couverte. Le cloître l'éclairait encore de sa lumière. C'était une belle soirée d'été chargée de parfums que les oiseaux invisibles et joueurs dispersaient dans les airs en se bataillant avec allégresse.

À cet instant, elle sut parfaitement ce qu'elle quittait. Elle prit aussi l'exacte mesure de l'Inconnu qui l'attendait de l'autre côté du mur. Mais elle ne faiblit pas.

Elle s'écorcha les paumes en parcourant à l'envers le chemin que Morgane avait suivi le matin même. Un peu haletante, elle jetait de fréquents regards autour d'elle pour s'assurer que personne ne pouvait la voir. Quand elle se retrouva de l'autre côté de la frontière, elle s'accroupit et reprit son souffle. Des taillis de lauriers-roses la dissimulaient mais elle savait déjà que, pour l'heure, elle n'irait pas plus loin. L'on parlait tout près d'elle. Des voix féminines animées. L'une d'elles, marquée notamment par un fort accent provençal et qui disait :

- Je ne suis pas sûre, Léda, que tu aies bien fait de lui donner ce journal.

- Que pouvais-je faire d'autre, Victoire ? Tu l'as entendue, comme moi. Daphné a eu des torts sans doute, mais elle ne mérite pas que sa fille la déteste.

- Et tu crois que la lecture de ce journal va modifier les sentiments de la petite ? Moi, je crois qu'elle va se perdre davantage dans toutes les questions qu'il soulève.

Léda soupira sans répondre. Enfin, elle demanda :

- Où est Rebecca ?

- Dans sa chambre. Elle devait écrire quelques lettres.

- Et Frédéric ?

- Dans la sienne. Il a fait dire qu'il y resterait toute la soirée, qu'il ne paraîtrait pas au dîner. Du reste, personne ne semble avoir faim, ce soir et je me demande bien pourquoi j'ai cuisiné et préparé une tarte aux pommes.

Comme Léda ne lui adressait pas les mots de réconfort qu'elle attendait, elle ajouta, morose :

- Si ça continue, je vais me contenter de servir les cerises de David. Point final.

Léda éclata de rire :

- Allez, viens, ma bonne Victoire. Ne sois pas fâchée. Nous allons dresser le couvert dans la cuisine et viendra s'attabler qui veut. Moi, je la goûterai, ta tarte !

Victoire se leva. La jeune fugitive aperçut son chignon gris entre les bouquets roses.

- C'est vrai que les soirs de bouillabaisse, personne n'a faim, mais j'ai la nette impression que la rouille est moins lourde à l'estomac que les remous du passé…

Elles s'éloignèrent bras dessus, bras dessous.

Marie-Odile sortit de sa cachette. En dépit des risques, il fallait s'approcher de la maison pour recevoir le concours de Morgane. Du reste, elle savait dès à présent où se situaient la plupart des occupants.

Avec mille précautions, elle progressa vers la dernière terrasse, n'effrayant au passage que quelques oiseaux et se faisant peur à elle-même quand elle se retrouvait nez à nez avec le visage ricanant d'un faune ou presque étreinte par les bras d'un Apollon de marbre. Elle se dit alors que si elle avait dû parcourir ce jardin en pleine nuit, elle serait morte plusieurs fois de la même crise cardiaque. Cette pensée la fit rire intérieurement et desserra un peu l'étau de sa gorge.

Un dernier effort et elle sera face à la baie vitrée du salon. Elle se précipite mais le geste est maladroit. Ses pieds se prennent dans la longue robe et elle tombe presque à terre. D'un mouvement rageur, elle a retiré son voile et toute sa chevelure blonde cascade sur son dos. C'est presque Marie-Madeleine à genoux devant le Christ, mais ce ne sont pas les pieds divins qu'elle contemple en levant le nez, ce sont les jambes merveilleuses de la Vénus triomphante. Celle qui règne depuis tant d'années sur ce jardin mythologique, plein de perversité. Nue et souriante, elle lui promet déjà que le but de son voyage la comblera. Elles se perdent un instant dans le regard l'une de l'autre, sûres de se ressembler dans le choix qu'elles ont fait de l'amour terrestre. Mais Marie-Odile ne creuse pas davantage la question.

Morgane vient d'apparaître sur la terrasse. Surgie d'où? Elle montre un petit visage décomposé et exalté à la fois. Elle tient à la main ce qui semble une lettre. Marie-Odile espère qu'elle viendra vers elle. Déjà, elle s'apprête à l'interpeller mais non, la fillette se dirige vers une seconde entrée, sans pénétrer cependant dans la pièce.

À présent, elle la voit de dos. Immobile. Comme hypnotisée. Elle essaie quand même d'attirer son attention :

- Pstt... Pstt... Morgane!

En vain. L'autre semble devenue pareille à ces statues qui la cernent et la projettent dans un monde hostile où l'indifférence règne en maître...

Cachée derrière le rideau, se retenant de respirer, Morgane regardait, fascinée, les gestes de Frédéric. Il avait appuyé son bras gauche sur le secrétaire, l'avait comprimé au-dessus du coude avec une lanière de caoutchouc et, maintenant, sans la moindre hésitation, avec une précision de geste qui dénonçait l'habitude, il venait de s'enfoncer dans la veine une longue aiguille. Il appuyait à présent sur le piston d'une seringue. De fines gouttes de sueur perlaient à son front et sa respiration s'était faite saccadée.

Elle regardait toujours et tandis que le poison se répandait dans le corps de Frédéric, elle avait l'impression que son propre cerveau se vidait. De temps à autre, distraitement, elle s'essuyait les yeux. Elle ne s'apercevait même pas de toute cette eau qui coulait sur son visage et mouillait sa belle page d'écriture. Elle regardait seulement la lanière dénouée qui gisait à présent sur le sol comme un serpent mort et la seringue sur le secrétaire. Le bras s'appuyait lourdement sur le meuble. Frédéric, les épaules voûtées, le souffle court, s'offrait de profil. Et ce visage aux yeux clos, qui brusquement se renversa vers le ciel et parut absorber tout l'air de la pièce, exprima la plus vive des douleurs. Le profil pur se dessinait sur le mur et la bouche deux fois ouverte sur un cri qui ne sortit pas, imprimait là pour Morgane deux souffrances : celle de Frédéric enchaîné à sa drogue et la sienne, enchaînée à Frédéric.

Elle le regarda encore rejoindre le divan où il s'étendit après avoir précautionneusement enfermé à clef la seringue et la lanière dans un tiroir du secrétaire. Il avait rabattu sa manche mais laissait pendre son bras. Sa main fine sur le tapis ressemblait à une fleur morte, une étoile de mer rejetée par les vagues et desséchée. Ses doigts, un peu crispés, par sursauts tressaillaient. Le tapis persan avec ses dessins pourpres parut à Morgane s'imprégner de sang.

Elle frissonna, secoua ses longs cheveux avec une moue de dégoût. En trois bonds, elle sortit de sa cachette, se précipita vers le divan où le jeune homme reposait. Pour la première fois, et en dépit de ses paupières closes qui le rendaient semblable à tous les autres hommes endormis, elle trouva qu'il ressemblait bien à ce qu'il était : un pauvre aveugle, prisonnier de la nuit… mais non pas d'une nuit extérieure, imposée par un destin tragique, mais bien d'une nuit intérieure qu'il avait lui-même choisie, qu'il s'était donnée un jour en faisant ce geste pour la première fois.

Morgane s'agenouilla près de lui. Elle avait cru jusqu'à ce moment que le soleil était immortel, que rien ni personne ne pourrait jamais l'assassiner parce qu'il brillait, selon elle, pour chacun de nous, au fond de nous tous. Maintenant, devant le visage tourmenté de Frédéric, elle savait qu'une seule aiguille enfoncée dans l'âme tendre de la chair suffisait à le tuer.

Puisque c'était fait.

Puisqu'une seringue l'avait fait.

Les yeux secs, les joues poisseuses de larmes taries, elle posa sa feuille gondolée sur la poitrine presque immobile. Pourtant elle parut se raviser. Elle sortit un crayon de sa poche et sans un regard pour les multiples « Je t'aime » accumulés sur la page, de toutes tailles et de toutes passions, elle griffonna au bas de la feuille et son écriture singulièrement - parce qu'énervée - devint comme une écriture d'adulte : «...Mais, si tu recommences, je te tue ! »

Elle reposa son message, secoua une fois encore sa crinière d'ondine et s'éclipsa silencieusement.

- Pstt... Pstt... Morgane !

Mais Morgane ne l'entend toujours pas. Marie-Odile l'a vue entrer puis sortir de la pièce comme une chatte en colère. Elle court droit devant elle, s'élance par une petite porte à l'assaut d'un escalier de bois. Alors Marie-Odile s'est mise à la suivre sur le même rythme. Au moment où Morgane s'apprête à fermer violemment la porte de la chambre à l'œil de bœuf, elle l'en empêche avec force, se coule à son tour dans la pièce et reste là, adossée contre le battant de la porte, haletante, et la voix pleine de supplication :

- Je t'en prie, Morgane. Aide-moi !

Médusée, la fillette regarde cette inconnue, rouge et échevelée, qu'elle reconnaît à peine.

- Ma Sœur ? Mais qu'est-ce que vous faites là ?

- Oh ! Morgane, je ne suis pas plus ta sœur que le Pape n'est mon père... Oh ! C'est vrai, tu sais, c'est à cause de lui que tout ça est arrivé ! Enfin, pas à cause du Pape, à cause de mon père !

Morgane ne comprend rien à ces explications décousues. Elle prend seulement les mains tremblantes de la jeune fille entre les siennes et, la conduisant en douceur jusqu'au lit, l'y fait asseoir gentiment.

- Calmez-vous, ma Sœur, euh... enfin, Odile... Et expliquez-moi plutôt ce qui se passe.

La jeune religieuse respire à fond puis déclare tout d'une traite :

- Je suis en train de m'évader pour rejoindre mon fiancé, Boris... Mon père nous a séparés parce qu'il n'approuve pas ce mariage. Il le traite de bolchevik et d'anarchiste. Il préfère m'enterrer vivante dans un couvent plutôt que de me voir heureuse avec l'homme de mon choix.

Morgane se taisait, rêveuse. Cette histoire en fait la sidérait. Pire, elle l'étourdissait. Oui, cette ronde des couples du passé, du présent commençait à la saouler un peu... Frédéric et Daphné, David et Léda, le Mongol et son Olga Ivanovna et maintenant Sœur Marie-Odile et son... Comment déjà ? son Joris... non... son Boris... Qu'avaient-ils donc, tous ces gens-là ?

Brusquement, elle enviait le célibat des trois commères, le veuvage précoce de Victoire, de Rebecca. Bon sang, de quelle frénésie étaient-ils tous frappés ?

Elle se taisait toujours, contemplant sans le voir vraiment le ravissant visage de Sœur Marie-Odile.

- Tu vas m'aider, n'est-ce pas Morgane ?

- Je ne vois pas bien comment.

Sa voix était retenue, un peu dure.

- Tu n'as rien à craindre, tu sais. Je suis majeure depuis quelques semaines. J'ai le droit de disposer de ma vie.

- Je ne pensais pas vraiment à cela.

- Mais à quoi alors ?

- Êtes-vous sûre de ne pas faire une énorme bêtise ? Non pas en fuyant le couvent, mais en rejoignant cet homme... ce Boris ?

Marie-Odile se leva avec vivacité, les bras vers le ciel :

- Elle est extraordinaire ! Elle n'a pas douze ans. Elle me parle comme un sage indien.

-...Ou comme le ferait la Mère Supérieure, non?

- Morgane, - Odile s'assit à nouveau, lui prit les mains fiévreusement - J'ai bien tout pensé. Ma décision est irrévocable. J'ai besoin des vêtements de ta tante et d'une bonne paire de ciseaux.

Assise devant le miroir de la coiffeuse, Odile coupe méthodiquement ses longues mèches blondes. Au fil de l'opération, son visage émerge, plus pur, plus innocent que jamais.

- Pourquoi faites-vous cela?

- Elles me les auraient coupées pour le Seigneur. Je préfère les sacrifier à Boris. Je dois ressembler à un garçon. Il me faudra aussi une casquette.

- Saviez-vous déjà cet après-midi que vous auriez besoin de moi, ce soir?

- J'en avais une vague idée à cause du mur. Et puis quand j'ai vu ta tante, cela s'est précisé dans ma tête.

- Comment avez-vous fait pour tenir si longtemps?

Le sourire d'Odile se fait malicieux.

- La Foi...

- Ne blasphémez pas!

- Je plaisantais... Mais qu'as-tu donc, Morgane? On dirait le Grand Inquisiteur. Es-tu avec moi, ou contre moi?

Morgane répond avec la plus grande gravité :

- Je dis simplement qu'il faut se méfier des Russes. Qui sait si le vôtre ne va pas épouser une compatriote, une comtesse par exemple?

- Boris? Odile éclate de rire. Pas de danger. Les aristocrates, il les vomit. Excepté moi et encore! Parce que je lui ai dit qu'on n'était pas très sûr de la légitimité de ma grand-mère.

- Odile!

- Je te taquine, Morgane. Je suis terriblement énervée, tu sais. Le temps presse. À neuf heures, elles vont toutes s'apercevoir de mon absence. Il faut que je sois partie avant, que je cherche un moyen de gagner Toulon. Elle ajoute, rêveuse : dommage que je ne sache pas conduire la Panhard.

- Ne comptez pas sur Léda. Jamais, elle ne trahira la Mère Supérieure. Elle a trop d'estime pour elle.

- Morgane, tu es désespérante.

Odile coupe sa dernière mèche. Ses yeux, sous leur halo blond, ressortent davantage encore. Plus que jamais, elle a l'air d'un ange. D'un ange qui épousera peut-être le Diable…

- Je me fais beaucoup de souci pour vous, Odile. Si, en vous aidant, je faisais votre malheur…

- Tu le feras certainement, si tu ne m'aides pas à sortir d'ici, dans les cinq minutes.

Odile saute sur ses pieds. Le pantalon dessine la finesse de sa taille, la courbe gracieuse de ses hanches. Casquette ou pas, on ne la prendra pas pour un homme ! Et il fait tellement jour encore !

Soudain, Morgane se rappelle le rendez-vous fixé par Jeannot : à huit heures, au petit port du Manteau… Son visage s'éclaire :

- J'ai une idée.

Et la malice de sa voix intrigue Odile.

- Oui ?

- Tout va admirablement se passer ! Et dans un grand élan d'enthousiasme, adoptant elle aussi le tutoiement : je vais te remettre entre les mains de Dieu.

Comme Odile la regarde sans comprendre, elle lui prend la main et ouvre la porte en souriant mystérieusement.

- Suis-moi ! Quoi que tu en penses, tu n'en as pas encore fini avec Lui !

Quand il comprit ce qu'on attendait de lui, Dieu perdit son sourire.

- Jamais de la vie, Morgane ! Il n'en est pas question !

Morgane eut beau insister, Jeannot faire de même, Odile s'en mêler. Rien n'y fit.

- Vous n'aurez qu'à attendre demain matin, Mademoiselle. Vous prendrez le premier tramway.

- Mais il sera trop tard, Monsieur Bellon. L'Asphodèle aura appareillé. Je vous en prie ! C'est ma vie entière qui en dépend.

Mais Dieudonné secouait la tête avec obstination.

- Cette histoire ne me plaît pas du tout… mais alors pas du tout… Je ne veux pas de problème avec les bonnes sœurs, sans compter que je peux causer du tort à mon cousin. Il pourrait perdre son travail. Moi, mes clientes… Vous me voyez fâché avec les sœurs Taillefer ?

Morgane dressa l'oreille. Quelque chose avait changé dans la voix du vieux pêcheur. Comme si, brusquement, il commençait à s'amuser de l'aventure. Avec timidité, elle hasarda :

- Je ne les vois renoncer au gratin de votre femme pour rien au monde !

- Elle a raison, assura Jeannot que la beauté d'Odile subjuguait et qui, complètement désorienté, ne savait plus de laquelle il était amoureux. De la jeune brune ? Ou de la belle blonde ?

- Et puis, en suivant la côte, par beau temps, vous y serez bien avant demain matin. Vous aurez l'air d'être parti plus tôt. Voilà tout.

- Elle a raison, répéta Jeannot. Moi, je dirai à maman que tu t'es absenté pour caler.

- Quoi de plus naturel qu'un pêcheur sur la mer ? poursuivit Morgane. Vous reviendrez demain matin.

- C'est une belle nuit que vous me promettez, tous les trois. Je suis sûr que je vais le regretter.

- Oh ! Pour cela, non, M. Bellon, je vous l'assure. Vous ne le regretterez pas. J'y veillerai.

- Je ne veux rien en échange, jeune fille. Du reste, vous partez les mains vides et c'est pour l'heure ce qui me préoccupe le plus. Prenez au moins notre pique-nique !

- Ne vous souciez pas de cela, Monsieur. Menez-moi à Toulon. Je n'ai besoin de rien d'autre.

Au moment de grimper dans la petite embarcation, Odile se tourna vers Morgane.

- Je n'oublierai jamais ce que tu as fait pour moi, tu sais.

- Je sais.

- Je t'écrirai. Nous resterons amies, n'est-ce pas ?

Morgane ne répondit pas. Odile l'étreignit avec force. Elle se laissa faire passivement. Trop troublée pour réagir. Ce n'est que lorsque la barque commença à s'éloigner lentement du rivage qu'elle cria soudain, la voix étranglée par l'émotion :

- Ne m'écris qu'une fois ! Pour me dire que j'ai bien fait !

Bientôt, la barque ne fut plus qu'un point sur l'eau. Jeannot rangea avec soin son matériel de pêche.

- Veux-tu venir à la maison, Morgane ? Ma mère sera contente de faire ta connaissance.

- Tu es gentil, Jeannot, mais il faut que je rentre. Personne ne sait que je suis ici. Il vaut mieux qu'on me voie à la maison, ce soir.

- Je comprends.

Il lui tendit la main avec sa gaucherie coutumière mais elle le prit de vitesse et posant fugitivement ses lèvres sur les siennes. Un baiser de papillon, avait dit sa mère…

Tandis qu'elle s'éloignait en courant, Jeannot lança triomphalement sa casquette en l'air.

Celle qu'il préférait n'avait pas pris le large.

IX

Morgane courut jusqu'à la maison.

Un point au côté s'était déclaré et tandis qu'elle y appuyait fortement sa main droite, elle songeait avec angoisse au désordre de sa chambre. Dans la précipitation, elle l'avait laissée sens dessus dessous. La robe de bure et le voile froissés sur le lit, les mèches de cheveux coupées, éparpillées au pied de la coiffeuse. Autant de traces évidentes de sa complicité. Elle savait déjà que, si elles étaient découvertes, Léda n'aurait aucune hésitation à la conduire devant la Mère Supérieure. Sans doute pourrait-elle comprendre les motivations de sa nièce, les choix d'Odile, mais jamais elle n'apprécierait le procédé. Il était bien trop éloigné de ce qu'elle était elle-même. Sans courage ni élégance, il ferait naître sur son visage cette moue dédaigneuse que Morgane connaissait bien.

Morgane savait déjà ce que sa tante penserait : la majorité d'Odile lui permettait d'agir au grand jour. Elle pouvait s'expliquer avec la Mère Supérieure, la tenir au courant de ses projets.

Jamais, se dit Morgane, Léda n'imaginerait que le père d'Odile ait pu gagner à sa cause un être aussi transparent que la Mère Supérieure. Il avait dû travestir la vérité, présenter sa fille en sérieux péril et obtenir ainsi du couvent une protection.

Morgane ne pouvait même pas avancer de bonnes raisons. Elle avait aidé Odile non pas dans un élan d'amitié ni par attrait du romantisme, mais seulement poussée par la nécessité.

Avait-elle eu d'autre choix ?

Elle n'était pas sûre du sort qui attendait la jeune fille. Elle s'en inquiétait même.

Mais, encore une fois, avait-il été en son pouvoir d'empêcher quoi que ce fût ?

Soudain, elle en voulut à Odile de l'avoir entraînée dans une histoire qui n'était pas de son âge. L'idée surtout qu'elle avait pu se servir de sa jeunesse, de sa naïveté, de leur amitié naissante pour parvenir à ses fins, lui était insupportable. Et puis son délicat visage venait se superposer sur les tourbillons de son ressentiment et Morgane, désarmée, se disait qu'elle n'avait eu devant elle qu'une jeune fille amoureuse, effrayée à l'idée d'être enterrée vivante.

Comme elle avait changé en quelques heures !

Elle qui condamnait les autres sans appel se découvrait des trésors de compassion, même si ce n'était encore que par éclaircies.

Avait-elle vieilli à ce point ? Curieusement, elle ne songea pas « mûri »... Trop d'événements, de révélations s'étaient succédé depuis le matin si bien que, prise dans l'accélération du temps, elle avait le sentiment que l'écheveau de sa vie s'était dévidé à toute vitesse.

Pouvait-elle mettre un frein à cet emballement ?

Elle approchait de la Villa. Il était près de neuf heures.

Le jour avait perdu de son acuité. Le soir tombait sur la corniche en un calme superbe. Pas une ride à la surface de l'eau. Le ciel était posé sur l'horizon dans un équilibre de funambule. La plage devenue toute rose prenait des douceurs de peau. C'était l'instant magique quand le jour refuse encore de s'effacer et que la nuit, princière, ne montre aucune hâte. Elle n'a pas la rapacité des nuits d'hiver qui sautent sur les dernières lueurs du jour avec l'avidité d'un prédateur. Non. C'était un instant languide, plein de retenue qui figeait les palmes sur l'écrin de l'air devenu immobile.

Mais Morgane n'eut pas le loisir de goûter davantage au charme du moment. La Panhard était garée devant le portail et, à cette heure, la chose était assez singulière pour que son cœur manquât un battement.

Léda s'apprêtait-elle à rejoindre David ? Victoire était-elle souffrante ? Elle n'était plus toute jeune, bien qu'elle prétendît le contraire et le prouvait par une énergie infatigable qui pouvait un jour trouver ses limites.

Elle se hâta. Arrivée à la hauteur de la voiture, elle vit Léda descendre les dernières marches quatre à quatre et sauter littéralement sur son siège. Son visage livide, ses maxillaires contractées, l'alarmèrent davantage.

- Que se passe-t-il, Léda ? Il est arrivé quelque chose ?

La jeune femme la regarda sans aménité, ses prunelles marine virant au noir sous le coup de la colère ? De l'inquiétude ?

- Ah ! Te voilà, toi... Ça fait presque une heure qu'on te cherche. Je vais prévenir le Docteur Blanchard.

Et comme la fillette s'accrochait à sa manche et demandait d'une voix blanche :

- Qui, Léda ? Qui ? Elle se dégagea gentiment et répondit avec douceur : Frédéric.

Une seconde, Morgane crut que le sol se dérobait sous ses pieds. Néanmoins, elle s'obligea à rester maîtresse d'elle-même.

- Je peux t'accompagner, Léda ?

- Inutile, moussaillon. Monte plutôt rejoindre Victoire. Elle est dans tous ses états.

Et elle démarra.

Morgane s'élança dans l'escalier, une nausée tenace au creux de l'estomac. Elle déboucha, haletante et chavirée, sur la dernière terrasse. Tout de suite, elle aperçut Victoire assise sur le canapé, recroquevillée plutôt. Et, cette fois, elle avait bien l'air de ce qu'elle était : une vieille femme que les émotions de la journée avaient laminée. Son corps semblait affecté d'une oscillation qui faisait pencher sa tête d'avant en arrière tandis qu'elle répétait inlassablement :

- J'aurais dû monter. J'aurais dû monter le voir. M'assurer que tout allait bien. J'aurais dû monter. Vraiment.

Morgane, éperdue, incapable de trouver un mot de réconfort, se précipita dans la chambre de Frédéric.

Elle était plongée dans la pénombre. Elle reconnut la silhouette gracile de Rebecca, debout devant la porte-fenêtre aux persiennes closes. Elle ne se retourna pas, comme si elle savait déjà qui était entrée.

- Je n'ai pas voulu empêcher Léda d'aller chercher le médecin. De toute façon, il doit venir. C'est sûr… mais ce n'est plus nécessaire. J'ai bien compris qu'elle avait besoin de prendre une initiative. Alors, je l'ai laissée partir mais ce n'est plus nécessaire, Morgane.

Morgane sentit son corps se glacer, se pétrifier. La peau de son visage lui parut se rétrécir sur les os de sa mâchoire et sa langue se coller à son palais. Elle pivota sur elle-même pour « le » voir.

Il était toujours étendu sur le divan comme elle l'avait laissé. Sa main pendait encore sur le tapis mais il faisait trop sombre pour qu'elle pût discerner ses traits, l'expression ultime qu'ils avaient retenue. Elle sut aussitôt que c'était mieux. Frédéric lui dérobait son dernier visage, lui interdisait de franchir le pas qui sépare la Vie de la Mort, la maintenait à distance en lui intimant l'ordre de rester sur le seuil. Le seuil de la Vie et de la Mort. L'accès lui en était interdit parce que les petites filles sont d'un autre temps, d'une autre essence et que leur monde s'interrompt là où s'entame le monde des Ombres à jamais Ombres.

Frédéric n'était plus qu'un gisant; son corps avait pris le relief des statues qui attendaient dehors patiemment que l'alchimie dernière s'opère, que la chair devînt marbre, qu'il pût franchir une fois pour toutes le rideau des Ténèbres.

- Que s'est-il passé? demanda enfin Morgane.

Sa voix était tellement privée de timbre qu'elle ne la reconnut pas.

Rebecca mit un temps avant de répondre.

- Je crois qu'il a succombé à un arrêt cardiaque.

- À cause de la drogue?

Nouveau silence. Enfin :

- Tu sais cela aussi…

Mais Rebecca ne se retourna pas. Et Morgane ne répondit pas.

- Comme c'est étrange, reprit sourdement la jeune femme. Ce matin encore, il n'était rien pour moi. Il ne faisait pas partie de ma vie. Quand je l'ai vu pour la première fois, je n'ai pas compris l'homme qu'il était. Et ce soir, au contraire, j'ai le sentiment terrible d'avoir perdu - sa voix se brisa - un être cher.

Morgane se rapprocha. Obéissant à une impulsion subite, elle passa ses bras autour de la taille de sa tante et appuya doucement sa tête sur le dos que le chagrin courbait. Elles restèrent ainsi longtemps collées l'une à l'autre, réunies par la même douleur sans plus échanger une parole…

Dans la chambre, rien n'avait bougé.

Elle commença à ranger, en s'interdisant de penser pour résister au désespoir tapi dans un recoin de son âme mais qu'elle savait prêt à l'assaillir. Qu'elle s'abandonne une seule seconde et ce serait l'affaissement sur le parquet, au milieu des mèches d'Odile qu'elle entreprit de recueillir une à une. Elle les placerait dans un sachet de lavande préalablement vidé et les conserverait quelque part pour la petite sœur de Paris qui sautait si bien les murs… Mais, tandis que ses doigts effleuraient les boucles pâles, elle ne put éviter le choc d'un souvenir brûlant : les cheveux blonds de Frédéric vinrent s'interposer dans sa mémoire. Elle eut l'impression dès lors qu'elle tenait entre ses mains la tête inerte de son ami défunt. Un flot de larmes lui brouilla la vue et c'est sans plus de résistance qu'elle se livra à son chagrin. Jamais elle n'avait sangloté avec cette force de pleureuse tragique. Elle ne se retenait plus, délivrée pour la première fois de la honte des larmes.

Elle pleurait, pleurait sans chercher à tarir ce torrent. Il lui semblait du reste que c'était toutes les morts qu'elle pleurait. Celle de sa mère. Celle de son père. Et celle de Frédéric. La dernière donnant aux deux précédentes l'occasion d'exister dans la mémoire de cette petite fille recroquevillée sur ses deuils passés, comme une naufragée agrippée à son radeau de planches.

Combien de temps dura ce déversement ? Elle n'en eut pas conscience. Elle sut seulement que le docteur était arrivé en entendant sa voix. Puis ce fut un certain nombre d'allées et venues. Elle entrebâilla la porte sans bruit, se pencha sur la rampe de bois. Elle vit à l'étage inférieur deux hommes en blanc franchir le seuil de la chambre, porteurs d'un brancard vide. Elle rentra précipitamment. Elle ne voulait pas assister au départ de Frédéric. Pas comme ça.

Alors elle se dirigea vers l'œil de bœuf, l'ouvrit et plongea son regard dans le vide, à la recherche de la mer sur qui tombait la nuit. Elle n'eut pas longtemps à attendre. Au bout de l'horizon surgit le trois-mâts rutilant du matin, ses voiles écarlates déployées. Il se rapprochait sans paraître avancer, comme s'il avait été l'objet d'une attraction magique. Bientôt, il fut assez prêt pour que le pont fût visible.

Un homme à la coiffe d'astrakan, aux yeux presque fermés par un grand rire, jouait du violon à deux pas du gouvernail devant lequel se tenait un être de grande taille, à la chevelure de lumière. Le soleil couchant incendiait le ciel derrière lui, ourlant d'or les contours de sa silhouette. Il se découpait comme une figure de proue, sculptée dans les flammes. Morgane distinguait parfaitement ses yeux. Verts et lumineux. Ils la fixaient en souriant. Empreints de tendresse et de sérénité.

Bouleversée, elle ferma les siens. Quand elle les rouvrit, la mer était nue.

Elle comprit alors qu'il était parti et qu'elle pouvait rejoindre les trois femmes.

Elle ne les trouva pas tout de suite. Les chambres étaient désertes. Elle n'entra pas dans le salon à cause du piano mais elle savait, au silence derrière la porte, qu'il était vide. Finalement, elles se tenaient toutes les trois dans la cuisine. Rebecca, debout, devant la grosse cuisinière, s'occupait de mettre la bouilloire sur le feu. Une poignée de feuilles de verveine était posée sur un plateau à côté d'elle. Elle se retourna à l'entrée de Morgane.

- Je nous prépare une infusion. En veux-tu ?

Morgane déclina l'offre. En silence, elle s'assit près de Victoire. Léda, en face d'elle, paraissait prostrée. Son chagrin la vieillissait, affaissait les traits de son visage et, sous le halo de la lampe, elle ressemblait de façon frappante à sa mère.

Victoire se taisait, jouant distraitement avec sa petite cuillère. Les commissures de ses lèvres tremblaient par instants et il y avait tant de douleur sincère dans ce tic nouveau que Morgane en ressentit une indicible tendresse. Néanmoins, elle s'obligea à rester assise, les mains posées sur ses genoux. Elle ne parlait pas mais son regard rivé sur la vieille gouvernante était plus qu'éloquent puisque Victoire trouva la force de répondre à la question muette.

- C'est une terrible chose qui nous arrive... mais ne va pas t'imaginer qu'il y a le moindre doute là-dessus... Frédéric est parti sans le vouloir.

- Je sais.

- Malgré la trentaine, c'était un homme usé. Ses heures interminables passées devant le piano, sa vie d'artiste et puis, sans doute, l'hérédité. Son père est mort de la même chose à moins de cinquante ans.

- Pourquoi m'expliques-tu tout cela ?

- Pour que tu acceptes, ma petite fille... comme nous.

- Et sa drogue ? Elle ne l'a pas tué, sa drogue ?

Malgré elle, Morgane avançait son petit menton d'un air accusateur. Une fois de plus, Léda crut revoir son aînée dans les yeux violets, la bouche charnue à la moue dédaigneuse.

- Je ne veux pas que tu le juges, dit-elle calmement. Tu n'en as pas le droit.

- Je ne le juge pas. Je sais bien comment il souffrait d'être dans la nuit. Mais je crois aussi que tout ce qu'il a vécu depuis est lié à ce qui s'est passé ce soir-là lorsqu'il a demandé à leur parler. Tu étais présente, Léda ?

- Tu ne renonces donc jamais..., murmura Léda avec lassitude. Je t'ai remis le journal pourtant.

- Sans doute mais il s'arrête brutalement, juste avant leur rencontre... Je voudrais connaître le dernier chapitre.

- Le dernier chapitre vient de s'écrire ce soir, Morgane. L'histoire est close.

La voix de Victoire, singulièrement cassée, lui fit mal.

- Eh bien, alors, c'est l'épilogue que j'attends.

- Lis cela, répondit Léda avec emportement. Lis cela et peut-être, enfin, seras-tu satisfaite.

Elle lui tendit une lettre. Un peu surprise, Morgane la prit. L'enveloppe ne portait que son prénom, tracé d'une grande écriture. Comme elle l'interrogeait du regard, Léda expliqua :

- Elle était posée sur le secrétaire, bien en vue. Tu aurais pu la voir toi-même lorsque tu es entrée pour lui remettre ta propre missive.

Morgane rougit mais il n'y avait aucune ironie dans la voix de sa tante. La lettre était cachetée. Fébrilement, elle décapita l'enveloppe, en retira deux feuillets blancs. Interloquée, elle regarda le papier vierge puis l'effleurant des doigts, elle murmura dépitée :

- Elle est écrite en braille ! Où trouver à cette heure une personne susceptible de me la lire ? Je ne saurai jamais ce qu'il tenait à me dire…

Rebecca achevait de verser l'infusion brûlante dans les trois tasses. Elle s'essuya les mains avec soin et se tournant vers la fillette, elle proposa simplement :

- Si tu le veux bien, Morgane, je te la lirai.

Les trois autres la regardèrent bouche bée. Elle s'assit, face à Victoire, tendit la main. Sans mot dire, Morgane lui remit les feuillets.

C'est dans un silence absolu qu'elles écoutèrent sans l'interrompre une seule fois la voix altérée de Rebecca, dont les doigts doucement glissaient sur le papier tandis que ses yeux clairs s'embuaient, perdus dans les prunelles dilatées de la petite fille.

À Tamaris, le 28 juin 1914

Morgane, ma fée,

Il est presque sept heures du soir et tu viens de rentrer, complètement bouleversée.

Je l'ai compris à ta voix, tes sanglots, tes pas précipités. Tu as appris des choses que j'aurais tellement voulu te cacher !

Je t'ai entendue crier et puis j'ai reconnu la voix de Léda, celle de Victoire. Tu exigeais des explications. Tu menaçais. Tu parlais de moi, de ta mère. C'était horrible parce que sans le savoir tu étais terriblement injuste envers elle.

Puis tout s'est calmé. Tu es montée dans ta chambre. J'ai voulu aller te parler. Je suis monté à mon tour et la rampe que j'étreignais me brûlait les doigts. Elle éveillait dans ma mémoire tant de souvenirs heureux ! Nous n'avons jamais su, ni Daphné ni moi, monter ces marches sans courir, entrer dans cette petite chambre sans rire, nous pencher par l'œil de bœuf sans éprouver le plus délicieux des vertiges. Regarder la mer, au fond, comme un saphir enchâssé dans la pierre puis brusquement y tomber la tête la première comme dans un gouffre d'azur...

Oh ! Morgane, cette petite chambre qui est la tienne aujourd'hui a été celle de nos jeux, de nos lectures, de nos confidences, de nos disputes. Et les années qui s'écoulaient me la rendaient plus chère.

Je n'ai pas compris.

Pour elle, je n'étais qu'un frère, plus jeune, plus espiègle, un esprit puéril sur lequel elle voulait imprimer l'empreinte de sa propre maturité.

Et puis, il y eut ce fameux après-midi où je lui ai volé un baiser sans déclencher ni surprise ni colère. Elle l'a accepté en souriant comme faisant partie d'un jeu. Moi, j'avais dix-sept ans, elle, vingt et un, j'ai cru que nous nous aimions. Tu es bien jeune, Morgane. Tu n'as que douze ans mais je sais que tu pourras comprendre. Nous avons été l'un à l'autre et j'ai cru, parce que je la tenais dans mes bras, qu'elle serait ma femme pour l'éternité.

Je me trompais. Elle n'avait pas encore rencontré Alexandre. Entre eux, ce fut le coup de foudre. Il était tel que je n'avais jamais été. Un homme posé, intelligent, très cultivé qui avait tant de choses à lui apprendre...

N'en veux pas à ta mère. Elle ne m'aimait pas.

Du moins, pas comme je l'aurais souhaité. Je l'ai compris par la suite mais c'était bien trop tard : j'avais fait ce geste absurde et elle était partie au bout du monde. J'avais manqué terriblement de discernement. J'avais été aveugle avant de le devenir vraiment.

Je ne suis pas entré dans ta chambre. J'ai écouté le bruit des pages que tu tournais en reniflant. Je n'ai pas trouvé le courage de te parler. Je suis redescendu.

Ce matin, je t'ai dit qu'on ne pouvait bien voir qu'en prenant ses distances.

C'est toujours vrai, ce soir. Fais de même, Morgane, prends tes distances avec ta haine et rends à tes parents ce que tu leur dois.

Une dernière chose... Dois-je te la dire? Mais, ce soir, j'ai décidé de tout dire. Quand j'ai appris ta naissance, j'ai été ravagé de douleur, de jalousie. Je me torturais en me persuadant que tu étais de moi, que c'était moi qui l'avais faite mère, cet après-midi où je l'avais conquise à force de tendresse.

Longtemps, j'ai voulu croire que j'avais une fille quelque part en Inde, ou à Casablanca. Mais, ce matin, j'ai compris que ce n'était pas vrai, qu'il en était mieux ainsi. L'incident de la rotonde m'a persuadé que ce n'était pas un rôle pour moi.

Alors, Morgane, je suis, je reste et resterai ton ami. C'est un beau titre, je ne le comprends qu'aujourd'hui.

Et c'est pourquoi, en réponse à cette confidence que tu m'as faite silencieusement à midi, sur la terrasse, et que j'ai entendue au fond de mon cœur - parce que je suis un peu sorcier moi aussi - je peux t'avouer que je t'aime.

Frédéric.

P. S : Je compte partir très tôt demain matin. On m'attend à Paris. Tu ne seras sans doute pas levée. Rebecca te lira cette lettre. Elle connaît le braille. Elle a fait l'effort de l'apprendre pour quelques élèves non-voyantes de son pensionnat. J'ai longuement bavardé avec elle, cet après-midi. C'est une femme forte, comme Léda, de grande sensibilité. À défaut de t'enseigner l'anglais, permets-lui de t'initier à la langue des aveugles. Ainsi, nous pourrons nous écrire. Tes lettres, Morgane, ma fée, c'est ce que j'attends le plus au monde...

Rebecca se tut, replia les deux feuillets. Léda lui tendit sa page d'écriture barbouillée de larmes. Elle prit le tout sans mot dire et commença à le plier soigneusement pour le faire rentrer dans l'enveloppe. La gorge serrée, Morgane regarda Léda dont le visage semblait s'être détendu. Ses yeux brillaient de larmes contenues mais un imperceptible sourire adoucissait le pli de sa bouche. Si elle avait douté un instant des véritables intentions de Frédéric, cette lettre la rassurait.

Jamais son ami d'enfance n'avait voulu en finir avec la vie... Au contraire, il venait de lui redonner un sens grâce à cette petite fille qui, sans en être consciente, l'avait délivré de ses fantômes.

Morgane lut tout cela dans les yeux bleus et, quelques secondes, elle ne considéra plus que cet aspect des choses, le temps que Rebecca lui suggère :

- Si tu veux, Morgane, je la recopierai. Ainsi, tu pourras la lire quand tu en auras envie.

Elle hocha la tête en signe d'assentiment, juste avant de demander :

- Que va-t-il se passer maintenant ?

- Le Docteur Blanchard va demander une autopsie, ce qui est naturel, pour s'assurer des causes exactes du décès et puis, je contacterai dès demain matin ses amis à Paris, et bien sûr Maître Blain, afin d'en savoir plus long sur les dernières volontés de Frédéric. Je sais que ses parents reposent dans notre ville. Il restera sans doute près de nous.

- Et c'est tout?

- Comment cela?

- Nous irons lui porter des fleurs à la Toussaint, et c'est tout?

Victoire fronça les sourcils en reposant sa tasse.

- Où veux-tu en venir, Morgane?

Elle ne répondit pas tout de suite et comme les trois femmes la regardaient en silence, une sourde inquiétude au fond des yeux, elle sut que, plus que jamais, elle devait revenir à la charge.

- Frédéric, était-il mon père?

Le visage fermé, Victoire et Léda se taisaient.

Morgane répéta d'une voix suppliante :

- Était-ce lui mon père?

Alors Rebecca se pencha vers les deux femmes et leur dit doucement :

- Je crois qu'il n'est plus temps de se taire. On doit la vérité à cette enfant.

Léda parvint à articuler d'une voix blanche :

- C'est à moi qu'Alexandre t'a confiée.

- Comprends ce que cela signifie, Morgane.

Victoire regardait l'enfant avec tant de tendresse qu'elle dut se crisper pour ne pas courir dans ses bras.

Rebecca enchaîna :

- Elles veulent te dire que je n'ai, peut-être, pas de véritable place dans ta vie. Je ne suis que la sœur d'Alexandre et, s'il n'est pas ton père, je ne suis pas ta tante et je n'ai nullement le droit de prétendre à ta garde.

Morgane ferma les yeux. Lorsqu'à nouveau, elle les rouvrit, ce fut pour les fixer durement sur Léda.

- Alexandre, était-il mon père?

- Il ne croyait pas l'être.

- Mais pourquoi refuses-tu de répondre à la fin?

- Je ne refuse pas ! Je n'en sais rien ! Daphné n'a jamais rien dit. Ni dans son journal. Ni dans les rares lettres qu'elle m'a adressées. Pourquoi crois-tu que je sois restée silencieuse depuis ton arrivée ? Allais-je te dire, sans ambages : « Morgane, voici Frédéric Dampierre, ton père… » ? Je n'en sais rien. Daphné a emporté son secret dans la tombe.

Victoire ajouta :

- Tu as été conçue, voici presque treize ans, à un moment où Frédéric et ton père… Elle se reprit… et Alexandre étaient présents, simultanément, dans la vie de ta mère. Que peut-on dire d'autre ?

- Mais je ne peux pas me contenter de cette réponse ! Je ne peux pas rester sans savoir ! Vous l'imaginez bien, quand même !

Morgane s'était levée. Elle tremblait de la tête aux pieds. Léda voulut l'apaiser :

- Sans doute, tu as raison… Mais comment te dire cela ? Tu n'as même pas le recours de la ressemblance pour te persuader. Tu es le portrait vivant de ta mère…

- Et à ce point, je n'en ai pas le droit, n'est-ce pas ? C'est bien ce que disait papa ?... Je comprends maintenant. Pauvre père ! C'était une façon pour lui de me confier ses doutes, sans rien me dévoiler. Il n'a pas trouvé en moi la plus petite ressemblance pour le conforter dans l'idée que j'étais bien sa fille ? C'est ça, n'est-ce pas ?

- Si Daphné n'a rien dit, c'est qu'il était ton père, voilà tout, murmura Léda. Elle n'avait pas à s'en expliquer.

- Je ne peux me contenter d'une telle réponse.

Rebecca s'est approchée avec vivacité. Elle lui a mis la main sur l'épaule :

- Alors, choisis !

- Pardon ?

- Choisis toi-même ton père. Écoute ton cœur et puis, décide !

- C'est absurde ! fit Léda.

- Pourquoi ? Elle vous l'a dit. Elle ne peut pas rester sans savoir. Cela la rongera comme cela a dû ronger Alexandre, Frédéric et peut-être Daphné…

- Mais on ne se choisit pas un père comme cela.

- Et pourquoi pas ?

- Mais c'est odieux, s'écria Victoire, d'autant qu'ils sont morts tous les deux !

- C'est bien pour cela que Morgane doit choisir.

- Je n'ai rien entendu de plus épouvantable ni de plus délirant de toute ma vie ! s'exclama Léda en frappant du poing sur la table.

- Rebecca a raison, dit Morgane. Je dois décider dans ma tête et dans mon cœur… Je dois savoir si cette main, cette peau sont une moitié de Frédéric ou d'Alexandre…

- Tais-toi, Morgane ! Tu délires, ma petite fille.

Victoire parlait posément. Elle semblait avoir retrouvé toute son assurance. Elle prit la lettre de Frédéric entre ses mains et la brandit sous le nez de la fillette :

- Tu n'as pas à choisir. Il a choisi pour toi. C'est dit en toutes lettres : « Je suis, je reste et je resterai ton ami. » Sa mort est un accident. Il haïssait le suicide et s'il se droguait, hélas, c'était pour supporter le quotidien des jours, pour survivre. Pour lui, la question de sa paternité ne se posait plus. Il a reçu une réponse définitive, ce matin. Il te l'a dit. Accepte-la pour ton propre compte et, désormais, vis avec cette vérité. Comme nous toutes.

- Je vais être plus claire encore que Victoire, ajouta Léda, et son air déterminé la fit plus déesse que jamais. Plus directe encore. Oui, ils te l'ont dit, chacun à son tour, à travers le temps, ils ont été amants. Une seule fois. Mais ce n'était pas pour te concevoir, tu l'imagines. En revanche, Alexandre et Daphné se sont mariés. Tu es née de leur union. Ils t'ont désirée, quoi que tu en penses. Et si le doute les a détruits, n'accepte pas de subir le même sort. Fais confiance à Frédéric.

Victoire lui tendit d'autorité la lettre. Alors, Morgane la prit. Sans un mot.

Dans sa chambre, elle rassembla ses trésors : le cahier noir de Daphné, la lettre de Frédéric, quelques photographies de ses parents. C'était peu et beaucoup trop à la fois… un peu comme ces pièces de puzzle dont on sait qu'elles vont dessiner un visage mais qui donnent l'impression de promettre plus qu'elles ne livreront réellement. Qui sait? Derrière ce visage, un paysage? Ou mieux, un second visage sans rapport avec le premier et qui créera la surprise? Le malaise? La peur?

Ce visage caché était-il celui de Perséphone?

Elle se rendit dans la bibliothèque du grand-père Chabrier et, là, entre deux lithographies jumelles : Léda embrassée par son Cygne et Daphné devenue Laurier, elle se plongea fébrilement dans ses recherches.

Lorsqu'elle eut trouvé, elle poussa un cri de triomphe. Ainsi, c'était bien l'histoire d'une mère et de sa fille, l'histoire d'un amour que rien ne retient, d'une quête inlassable et touchante, mais pour qu'elle eût un sens, il fallait prendre l'histoire à l'envers. C'était elle Morgane-Perséphone qui irait chercher sa mère, Daphné-Déméter aux portes de l'enfer. Elle la conduirait au grand jour et seulement alors la vie pourrait reprendre, les champs se ressemer, les arbres refleurir, le printemps recommencer.

C'était à elle, Morgane, qu'incombait la démarche.

Depuis tant d'années que sa mère attendait, c'était à elle de rouvrir le coffre scellé de sa mémoire pour en retirer pêle-mêle les berceuses tendres, les poursuites sur le sable mouillé de la plage, le gâteau partagé à quatre heures avec les flamants roses du jardin public et plus beau que tout, plus exaltant, le cadeau mystérieux éventré à Noël, sous l'arbre exotique couvert de lumières.

...Mon Dieu, comme c'était facile soudain de laisser grandir la brèche des souvenirs et quand le visage d'Alexandre s'y glissa à son tour, de le laisser venir se superposer sur celui de sa mère, pour y sourire du même sourire... Retrouver les salles interminables des musées parcourus ensemble main dans la main, la pêche à la ligne, les hameçons dans les pins et la soupe qu'on n'aura pas prise, le manège de licornes et chevaux dorés et « L'Arroseur arrosé » qui les tordit de rire. Seigneur que c'était simple ! Il suffisait de fermer les yeux, d'attendre et l'on vivait deux fois...

Elle sortit sans bruit de la bibliothèque et courut dans le jardin. Elle dévala toutes les marches, avec l'agilité du chat que la nuit n'inquiète pas.

Elle ouvrit le portail et ne prit pas la peine de le refermer.

Elle courut, courut sur le ruban de la corniche et les lumières des réverbères faisaient à la mer comme un collier de perles.

Elle déboucha sur la plage. Elle entra dans la mer. Elle attendrait toute la nuit s'il le fallait que ses fantômes la rejoignent.

X

L'eau lui caresse les chevilles et ce léger massage l'apaise.

Elle revoit Léda, debout sur la passerelle du bateau, dans sa robe de deuil, sa petite valise à la main et son chapeau de paille crânement posé sur son front. Elle la regarde descendre sur le quai, chercher parmi la foule l'enfant qu'elle a accepté de recueillir sans l'ombre d'une hésitation et Morgane que la main froide de Miss Richards retient a envie de courir vers cette inconnue - le double de sa mère - en hurlant de joie : « Je suis là. Je suis là, Tante Léda. Je suis là. Je t'attends depuis des heures. Tu es ma famille et je t'aime déjà. »

Mais elle se tait, la petite fille que ses bottines noires blessent, que sa robe macabre blesse, que sa solitude d'orpheline blesse.

Elle attend seulement, muette, que cette inconnue se dirige vers elle, se tienne un moment immobile avant de se ployer toute vers son regard lilas, de s'y perdre en murmurant : « Je suis là, ma petite louve, je suis là. Tu es ma famille et je t'aime déjà... »

Morgane marche sur l'eau ce soir et la musique de Frédéric se déploie dans sa tête telle une voile immense. Brûlante et pourpre.

Frédéric... Il ne cessera plus jamais de lui prendre la main sur le chemin de la corniche. Plus jamais, non plus, il ne cessera de monter, sur ses traces, l'escalier en colimaçon de la rotonde. Et dans la chambre à l'œil de bœuf, ils n'en finiront plus jamais - elle le sait - de se pencher ensemble au-dessus de la mer, pour s'y perdre en un gouffre sans fond... Côte à côte, pour l'éternité.

Dans l'œil de Dieu.

Morgane s'est assise sur un rocher. Petite sirène, elle contemple silencieusement la mer sur qui tombe la nuit. Le clapotement des vagues couvre peu à peu la musique de sa tête.

Elle s'attendrit parce que des myriades de poissons lui frôlent les chevilles et la chatouillent. Une odeur puissante d'iode lui monte aux narines. Alors, c'est le rire de Victoire qui prend le pas sur tout le reste. Son bon visage de grand-mère gâteau, sa lourde poitrine où la chaleur retient un souffle de violette et cette capacité extraordinaire à rendre la tendresse vivante comme une caresse d'animal.

Oui, Morgane attendra toute la nuit.

Elle n'a pas envie de rentrer. Ils sont tous avec elle. C'est là qu'il faut rester, jusqu'au matin, pour être sûre de recueillir enfin, de leur bouche murée, la vérité.

Elle regarde le sang couler le long de sa cuisse, puis de sa jambe, se concentre sur la douleur qui lui déchire le bas-ventre.

Elle sait que son corps lui parle, qu'il lui livre un important message, qu'il lui confie dans la crispation de sa chair et la couleur de son sang qu'elle accède enfin au rang des jeunes filles, qu'elle entre dans le monde de la féminité, qu'elle devient porteuse de vie.

Demain matin, les crieurs de journaux hurleront partout dans la ville : « Attentat à Sarajevo ! L'Archiduc François-Ferdinand assassiné ! Le monde tremble ! » Mais peu lui importe soudain ce chaos. La guerre. Elle ne veut pas comprendre. Elle comprendra demain.

Pour l'instant, elle essuie le sang de ses règles avec précaution. Elle pense au matin écoulé, au vol des fraises, au saut du haut du mur, à sa quête éperdue, à tâtons, dans le silence et la nuit des Grands.

Ce matin, juste avant de rencontrer Dieu et sa pêche miraculeuse, Morgane était orpheline. Ce soir, face à la mer somptueuse sous sa parure d'étoiles, lumière dans la lumière, elle décide qu'elle aura désormais trois mères et deux pères, et que le fait qu'ils se partagent à peu près équitablement dans ce monde et dans l'autre, n'a en soi aucune importance…

Le Beausset, octobre 2001